廣嶋玲子・作　Minoru・繪
林宜和・譯

步步出版

人物
久藏
太鼓長屋房東的兒子
千彌
住在太鼓長屋
的青年按摩師
玉雪
兔子妖怪
梅婆
梅子老妖怪
梅吉
梅子小妖怪，
梅婆的孫子
彌助
千彌養育的孩子

登場
月夜王公
妖怪奉行所
東方地宮的所長
飛黑
妖怪奉行所
領頭的烏天
狗妖怪
津弓
月夜王公的甥兒
王蜜公主
妖貓族公主
初音
久藏的妻子，
華蛇族公主

蘇芳
服侍初音的
下女妖怪，
青兵衛的妻子
青兵衛
服侍初音的青蛙妖怪
萩乃
飛黑的妻子，
初音的奶娘
阿雀
姥姥貓
左京（弟）・右京（兄）
飛黑與萩乃的雙胞胎兒子
雪福
貓頭鷹妖怪
小鈴
花貓妖怪
小黑
黑貓妖怪

宗太郎
道具出租店
古今堂的少老闆
細雪丸
冬天的妖怪
宗鐵
鼬鼠妖怪醫生
美緒
宗鐵的
半妖女兒
姑獲鳥
守護孩子的保母妖怪
其他人物
宗右衛門 宗太郎的父親
玄樂 玩世不恭的和尚

目次

妖怪托顧所

9

【妖怪們的賀禮】

宗鐵的綽號

1

現在我們把時間往前倒轉一點，回到當初恐怖女妖紅珠剛逃獄的時候。

那天夜裡，鼬鼠妖怪宗鐵正準備出門。宗鐵是個妖怪醫生，針灸的技術尤其高明，因此他的病人很多，幾乎每天晚上都得出門看診。

當宗鐵在換穿工作服的時候，他的女兒美緒把裝藥品和針灸器具的箱子遞上來，說：「準備好了，爹爹！」

「哦，謝謝，妳眞懂事！」宗鐵說。聽到爹爹稱讚，美緒高興得笑了起來。宗鐵看著女兒的笑容，心裡暖洋洋的。

美緒已故的母親是個人類，因此她屬於「半妖」。起初她對自己的出身很不滿，跟父親宗鐵鬧脾氣，很久都不說話。不過，現在她已經接受自己的身分，性情也恢復開朗，最近還常常要求宗鐵帶她一起去看診。

那天晚上，美緒又問宗鐵：「我今天可以跟爹爹去嗎？」

「好啊！那妳趕快準備吧！」宗鐵爽快的答應。

「太棒了！謝謝爹爹！」美緒好開心，立刻跑進裡面房間，換上白色的工作服，接著又像一陣風般跑回來。

宗鐵把看診用的箱子背到肩上，牽著美緒的手出門。他們首先要去的地方是梅花之鄉，那裡雖然只是個小村落，卻長著兩千多棵梅樹。

梅花之鄉的守護者是梅婆，她的個子小得可以站在掌心上，一張皺巴巴的紅色小臉活像顆梅乾，教人看了忍不住嘴裡發酸。

不過，今晚那張紅通通的臉卻泛著黑色。只見梅婆躺在一棵大梅樹的樹洞裡，哼哼唉唉的不住呻吟。原來，她扭到腰了！

宗鐵和美緒探頭往樹洞裡看去，梅婆的孫子梅吉立刻注意到他們：「哇，是宗鐵醫生！太好了！我們等好久了！哦，美緒也來了嗎？」

「嗯，我今天來幫爹爹的忙。」美緒說。

「是嗎？我聽彌助說，美緒好能幹，可以當醫生的助手，他很稱讚妳呢！」梅吉大聲說。

「欸？彌助這麼說嗎？是眞的嗎？」美緖驚喜道。

彌助雖然是個人類，卻在經營妖怪托顧所，美緖和梅吉都很喜歡他。美緖甚至會三不五時說：「我長大後想嫁給彌助！」似乎眞把他放在心裡，也因此令父親宗鐵非常吃味。

只見他立刻打斷兩個孩子的對話：「好啦好啦！美緖，妳放著病人不管，自顧自說話可不行喔！那麼梅婆，我要摸一下妳的筋骨，如果覺得痛，請馬上跟我說。」宗鐵一邊說，一邊讓梅婆翻身趴臥，接著開始用手指按她的背部和腰部，一一確認。

「這裡看起來會痛。那麼這裡怎麼樣呢？」宗鐵問。

「那裡沒事。啊！別、別！那裡別按！」梅婆叫出聲來。

「哦……看來這回是挺嚴重了！不過沒關係，只要妳不勉強勞動筋骨，很快就會好。我先幫妳扎幾針，再給妳貼布藥。美緒，把箱子裡最細的針拿出來。」宗鐵吩咐。

「是，爹爹！」美緒答道。

宗鐵對準梅婆的背部和頸部，細心的扎下幾針。

「這樣就行了……接著是貼布藥。妳拿塊布，用這個藥浸溼，貼在腰上，一天更換三次就好。」宗鐵說著，將藥水倒進一個酒杯大的瓶子裡，交給梅吉。

「呃——好臭啊！」梅吉叫道。

「這裡頭加了很多東西，雖然臭，不過很有效。那我們這就告辭了，明天再來看妳吧！梅婆，這段時間可不要隨便亂動喔！梅吉，你得好好照顧阿媽喔！」宗鐵叮囑道。

「大、大夫，那我可不太放心啊！」梅婆氣若游絲的說。

這時，梅吉忽然生氣了：「阿媽太過分了！這種時候，該做的我都會做呀！」

「就、就是這樣我才不放心啊！大夫，拜託明天早點來呀！」梅婆又說。

「知道了！」宗鐵和美緒憋著笑，匆匆離開梅花之鄉。

2

他們父女接下來要去的，是一個位在池塘邊的巨大鳥巢。

只見一隻大得可以讓美緒騎上去的公雞，正奄奄一息的躺在巢中，他不但雞冠裂開，氣派的長尾和翅膀上美麗的羽毛，也被拔得亂七八糟，看起來就很淒慘。

公雞一看見宗鐵和美緒，便虛弱的抬起頭：「哦哦……謝謝大夫，你終於來了！」

「朱刻，你又被修理了？」宗鐵有些不耐的靠近公雞：「真拿你沒辦法，又是夫妻吵架啊？是什麼原因……我應該不用問了吧！」

「唉！你還不如趕快幫我治療啊！我全身沒有一個地方不痛哪！」公雞呻吟道。

「真是的……還不都是你的錯呀！」宗鐵嘴裡叨念，卻還是立刻動手檢查公雞的身體。

公雞需要治療的傷口多得數不清，其中不少處皮肉都裂開了。宗鐵先在傷處噴灑烈酒，再用針和線俐落的縫合起來。

「咯——咯——」只聽公雞不斷慘叫：「咯！痛死啦！酒倒上來前先、先說一聲嘛……咯——！不要一直穿針啊……咯咯——！」

「朱刻，你吵死了！」宗鐵喝道。

「你、你是鬼！」朱刻大喊。

「抱歉，我可是鼬鼠妖怪，不是鬼！美緒，妳拿棉布浸藥水，把他的腳包起來。」宗鐵一邊還嘴，一邊吩咐女兒。

「是，爹爹！」美緒大聲答應。

自從開始當父親的助

手，美緒也逐漸知道一些妖怪界的事。這公雞叫做朱刻，好像有個叫時津的可怕老婆。他倆一年到頭都在吵架，朱刻總是被時津修理得很慘。聽說吵架的原因都是朱刻在外頭花心，美緒覺得他不值得同情。

宗鐵一邊爲朱刻縫合裂開的雞冠，一邊教訓他：「你可眞是不怕死的雞啊！明明知道會有這種下場，怎麼還敢跟別的母鳥約會呢？到底該說是有膽，還是笨得無可救藥呢？」

「大夫……我可是你的病人呀！你就不能對我溫柔一點嗎？」朱刻抗議道。

「這已經是我第二十三次給你療傷了！總有資格說一兩句吧？好啦，這樣就行了！你只要乖乖再躺兩天，傷口就會癒合，到時應該就可以走動了。」宗鐵說完便要起身，卻被朱刻用雞嘴叼住袖子，硬把他拖住：「等等啊，大夫！要是不能馬上走動，我就有麻煩了！」

「你在瞎說什麼？」宗鐵斥道。

「是我老婆呀！她帶小孩回娘家了，如果我不馬上去接她，她會更生氣，更難安撫呀！所以拜託你，讓我可以早點走動啊！大、大夫你一定辦得到！上次你不就給了嗎？」朱刻苦苦哀求。

「原來如此，你想要萬靈金丹嗎？不行！上回我給你金丹，是想讓你的傷口早點復原，誰知道你的花心也一起復原了！在那之後，時津特地飛來我家抗議，說是因爲我給的藥，讓她老公變得更愛拈花惹草，我還被罵了一頓哪！」宗鐵生氣的搖頭。

「這、這次我絕不再去其他母鳥的地方了！我只會去找自己老婆啊！」朱刻再三保證。

「抱歉，我無法相信你！你還是乖乖睡個兩天，再去討時津的歡心吧！美緒，我們走！」宗鐵不理會在背後咯咯叫喊的朱刻，一把牽起美緒的手，頭也不回的離開了。

美緒不禁有點擔心，抬頭問宗鐵：「朱刻不要緊嗎？是不是給他金丹比較好？」

「不要緊，依我的判斷，時津就快回家了！」宗鐵道。

「咦？他們不是大吵一架，時津才生氣離家出走嗎？」美緒睜大眼問。宗鐵聽了，竊笑起來：「那個母雞太太老是這樣，先把朱刻狠揍一頓，等她稍微冷靜點，就開始擔心是不是太過火了。然後她就會一邊抱怨，一邊盡心服侍朱刻。」

「好奇怪呀……那他們一開始就不要吵架嘛！」美緒歪著頭想。

問。

「這個嘛，女人家的心思太複雜了！」宗鐵搖頭道。

「哦……那等我將來有了丈夫，就會了解女人心嗎？」美緒忽然

「那妳還是永遠永遠不要了解比較好！」宗鐵大聲說。

「爹爹，您在生氣嗎？」美緒似乎被宗鐵的反應嚇一跳。

「哦、不，我沒生氣呀！只是，妳現在說什麼丈夫不丈夫的，實在太早了！這個話題到此爲止，我們到下一個病號那裡吧！人家還在等著呢！」宗鐵硬是擋下美緒的疑問，不由分說拉起她的手趕路。

3

下一個等宗鐵上門的是蟒蛇姥姥，她是個大蛇妖怪，身體覆滿黑色鱗片，頭上腫了個好大的包。

「姥姥，這個包可真大呀！究竟發生什麼事？妳和惡鬼打架了嗎？」宗鐵問。

「呃……爲什麼會這樣，我也不知道哪！」蟒蛇姥姥無精打采的癱在地上，呻吟著說：「昨天我跟幾個老酒友聚在一起，喝得好痛快。

到了該回家的時候，我忽然想到，既然都是要回老巢，不如跳下瀑布，順河漂回去比較輕鬆吧？」

「所以……妳就跳下去了？」宗鐵不敢置信。

「好像是。當我有知覺的時候，頭已經痛得快死了！」蟒蛇姥姥哀叫。

「妳大概是一頭撞上瀑布水潭底下的岩石了！真危險哪，虧妳還撿回一條命。請好好反省一下，這樣喝醉酒受傷，可是第十次啦！」宗鐵一邊責備她，一邊手腳俐落的療傷：「這樣就可以了！今天一整天盡量不要動，還有，最近不准再喝酒喔！」

「哎喲！」姥姥抱怨。

「不要說哎喲！妳要是不聽我這個醫生的話，下次再遭到什麼意外，我都不會來看妳了！」宗鐵撂下狠話，就帶著美緒離開蟒蛇姥姥的巢穴。

「唉，那個姥姥本來是很精明的，但只要黃湯一下肚，就會幹傻事。美緒，妳就算長大了，也不要喝酒喔！」宗鐵叮囑道。

「嗯，我不會的。跳進瀑布底下，撞出那麼大的包，我才沒那麼笨呢！」美緒很認眞的點頭。

接著，父女倆又繞去好些個妖怪的地方。既有斷腿的豆子狸，也有喉嚨被木炭噎住的小火鳥。最可怕的是給妖犬治療皮膚病，那隻妖犬好像很久沒洗澡了，身上滿是寄生蟲，皮膚也嚴重潰爛。

宗鐵二話不說便把妖犬的毛全部剃掉，雖然牠拼命抵抗，宗鐵毫不心軟：「毛沒有了還會再長！現在要是不消滅這些蟲，你會癢死啊！」他一邊罵，一邊奮力壓住妖犬，好不容易剃光了毛，再叫牠泡進藥浴盆裡。妖犬從頭到尾被刷洗一遍，無數的蟲屍和蟲卵紛紛脫落，沉到盆底。

「太好了！這樣蟲的問題就解決了。接下來，你每天得塗這個藥膏兩次，消除紅腫和發癢，然後，新毛就會長出來了！你要是真的學乖，以後就要隨時保持身體乾淨，知道嗎？」宗鐵諄諄叮囑。

「汪……！」妖犬叫了一聲。

「好啦，懂了就好！咦？你是誰家的孩子啊？」原來，有個赤鬼小孩不知何時出現在宗鐵旁邊。只見他搗著嘴巴，眼淚都快掉下來了：

「醫生，我的牙好痛啊！」

「呼——眞是連個喘息的時間都沒有啊！哪裡痛？來，張開嘴，再張大一點……哇，這顆可眞黑啊！美緒，你去把小鉗子拿來！」宗鐵吩咐。

「是，爹爹！」美緒大聲答應。

看見宗鐵手上的小鉗子，小赤鬼的眼睛立刻瞪圓了：「醫、醫生，您要幹什麼呀？」

「幹什麼？幫你把蛀牙拔掉啊！好啦，你再張嘴一下！」宗鐵說。

小赤鬼一聽，愣了一下，拔腿就跑。

「喂！小鬼，你要去哪裡？美緒，快把他抓住！」宗鐵急得喊道。

父女倆好不容易逮到小赤鬼，再押著他強行拔下蛀牙，大概又花了半個時辰。

直到小赤鬼邊哭邊跑回家以後，宗鐵才呼了一口大氣。這個忙得昏頭轉向的夜晚，終於要結束了。

他轉過頭，正想對美緒說：「我們回家吧！」忽然，空中傳來一個聲音：「喲呵，原來宗鐵醫生在這裡！」

宗鐵抬頭一看，只見一隻體型比他還大的雪白貓頭鷹，正在空中盤旋。

「這不是雪福嗎？你找我有什麼事呀？」宗鐵問。

「請隨我來，有妖怪受傷了！」雪福急急的說。

宗鐵一聽，臉色微變，顯然，傷患的情況十分危急。他立刻轉頭對美緒說：「妳自己先回家好嗎？」

「不……我想一起去！」美緒卻說。

宗鐵沉默不答。

「爹爹，拜託！我一定幫得上忙！」美緒懇求道。

「好吧……那就一起去。雪福，你可以載我們兩個嗎？」宗鐵終於答應。

「當然可以！」雪福說完，立刻降落下來，讓宗鐵和美緒乘上他的背，然後振翅出發。

雪福輕鬆的拍動翅膀，載著父女倆飛到一條寬闊的大河邊。才剛落地，他們便聞到瀰漫河岸的濃濃血腥味。定睛一看，不遠處有幾個妖怪正聚在一起。

在那裡！當美緒反應過來時，宗鐵已經往那方向跑去了。

「啊，是宗鐵醫生！」

「快點快點！」

「我們想幫她止血，傷口卻愈來愈多，根本來不及啊！」

宗鐵撥開大呼小叫的妖怪們，這才看到傷患。

只見倒在地上的是一隻足足有榻榻米般大的白兔，牠蓬鬆柔軟的白毛被染成血紅色，全身滿是裂開的深深傷口，正汩汩冒出鮮血。

「這不是……玉雪嗎？」宗鐵大吃一驚。

「是呀！」其中一個妖怪回答：「她說是來河邊洗衣服，因爲上次受傷的時候，衣服被血弄髒了。我問她傷是不是都好了，她說月夜王公有幫她治療，已經沒事了。想不到才剛說完，她就忽然痛苦的倒在地上了！」

「她身上的傷口愈來愈多，血都噴出來了……好、好可怕呀！」

「醫生，快救救她呀！」妖怪們七嘴八舌喊道。

「知道了，知道了！你們讓開一點好嗎？美緒，趕快去備藥！還有，把所有的布都拿出來！」宗鐵大聲吩咐女兒。

可是，美緒卻動彈不得。她被那可怕的傷口和血嚇壞了！這是她有生以來頭一次看見性命垂危的重傷患，而且還是她認識的妖怪。

玉雪是當美緒被寄託在彌助家時，對她百般照顧的妖怪。那個圓潤的臉上經常帶笑，對美緒非常溫柔的妖怪。現在，她卻滿身是血倒在那裡。

美緒身體僵硬，手腳不聽使喚，空氣中濃重的血腥味，令她腦袋一陣昏眩。

見美緒神情膽怯，宗鐵卻毫不留情的大吼：「美緒，妳要是什麼都不會做，就退到一邊去！」

美緒一聽，瞬間回神。

她得去幫忙，她得救玉雪才行。終於，她鼓起勇氣，開始準備治療器具。

另一邊，宗鐵正在仔細檢查玉雪的傷勢。每一道傷口都很嚴重，簡直像被無數鎌鼬[1]妖怪襲擊一般，處處皮開肉綻。

忽然，鮮血再度噴湧，只見玉雪的前腳，不知何時又裂開一道口。

「她的身體當中有什麼東西在暴衝，得把它抓出來才行……美緒，我現在要把玉雪體內作怪的東西取出來，妳先去治療其他的傷，太深的傷口要縫合……妳會做吧？」宗鐵嚴肅的說。

美緒用力點頭：「會！我會做，爹爹！」

「好！針線就在那裡。針要先泡一下酒才能使用，拜託妳了！」

宗鐵說完，就閉上眼睛，雙手貼在玉雪身上，一動也不動。他是在集中全副精神，試圖揪出要殺死玉雪的東西。

美緒不敢打擾父親，盡可能屏住氣息，悄悄查看玉雪的傷口。大腿的傷特別深，就從那裡開始吧！美緒想著，便取過針和線來。她先將自己的雙手和針用酒洗淨，再灑一些酒到傷口上，接著就顫抖著手指，開始縫合工作。

噗、噗……隨著針尖一次次穿透玉雪的皮膚，美緒全身湧起一種無法形容的感覺。怎麼這麼厚啊……她心裡都快哭了。

從很久以前開始，美緒就一直在練習縫合傷口。當初她說自己也想成為醫生，父親便給她浸過水的皮革，叫她每天練習縫合的技術。

美緒自以爲已經很熟練了，父親也誇獎她，讓她生出不少自信。

然而，皮革既沒有眞實皮肉的厚重感，也沒有刺鼻的血腥味。美緒的手指沾滿溼滑的血，好幾次都差點捏不住針。不過，總算是縫好第一個傷口，只要再塗上河童的特效藥，應該很快就會癒合。

見到自己的成果，美緒終

於恢復了一點信心。可以的！我可以幫助玉雪！她已經不再畏縮，立刻著手縫合第二道傷口。

但是，正當她要開始縫肚子旁邊的第三道傷口時，原本昏迷不醒的玉雪，忽然微微睜開眼睛。

聽到微弱的呻吟，美緒嚇一大跳，趕緊問：「玉雪姊，妳醒了？」

「不、要……」玉雪勉強擠出聲音。

「什麼？妳說什麼？」美緒沒聽清楚。

「不要……告訴……彌助，不要跟他說……我這樣。他會……傷心的……」美緒聽了，還來不及點頭，玉雪卻忽然發出尖銳的慘叫，接著又昏厥過去。下一刻，她的身體猛然彈了起來。

動作這麼激烈，會讓傷口再裂開呀！美緒撲向玉雪，拼命壓住她。

就在這時，一直靜止不動的宗鐵，忽然啪的睜開眼睛。

「喝！」他聚氣於指，以迅雷不及掩耳的速度，將一根針扎進玉雪的腰際。剎那間，玉雪的身體靜止下來。

宗鐵小心翼翼的切開針刺進去的地方，再把針拔出來。只見針尖插著一個細小的東西，正不斷掙扎蠕動。他用水洗淨上頭的血漬，那東西就現出原形了。

無論怎麼看，那都是一片指甲。又薄、又細、又尖的紅色指甲。這麼一個小東西，卻發出令人無比恐懼的氣息。

「這個……待會還是拿去給月夜王公看比較好！」宗鐵說著，就把那片指甲放進一個小盒子，再牢牢封起來。接著，他對美緒點點頭，說：「妳做得很棒！那麼，我們來把剩下的傷口縫好吧！」

「是，爹爹！」美緒大聲答應。

於是他們父女倆繼續爲玉雪療傷。終於，沒有再出現新的傷口了。

1 鎌鼬：日本甲信越地方傳說中的一種妖怪，形態如旋風，會用鎌刀般的爪子襲擊人。被害者的皮膚雖然會被劃開很長的傷口，但是不會感到一絲疼痛。

4

半個時辰之後，宗鐵已經坐在一間小客室裡。房間的上位，坐著妖怪奉行所所長月夜王公。

月夜王公像上弦月般清俊的面容，被一張鬼面具遮去半邊，長長的白髮如瀑，傾瀉而下，光是坐在那裡就威儀非凡。只不過，這樣一張俊美的臉，神情卻十分陰沉。

宗鐵將他從玉雪體內掏出來的東西呈給月夜王公看，再一五一十向他報告事件經過。月夜王公聽著，表情逐漸扭曲，狹長的雙眼也燃起怒火。

「就是這麼回事……我想，還是給您過目比較好，就把這東西帶來了。」宗鐵說。

「你做得很好……」月夜王公語氣凝重的說：「這東西正是來自吾所追緝的妖怪，它應該是……紅珠身體的一部分。」

「是最近從冰牢逃出去的那個妖怪嗎？」宗鐵問。

「是的。那個女妖爲了抓吾的甥兒津弓，追到彌助那裡，玉雪才因此被她攻擊。雖然吾治好了玉雪的傷……沒想到竟然還有一小片魔爪留在她體內。」

見月夜王公咬牙切齒的瞪著那片指甲，宗鐵不禁低嘆：「那女妖真殘忍啊！」

紅珠故意等到玉雪傷勢好轉，才驅使鑽進她體內的指甲作亂，讓她的獵物受到兩重傷害，手段實在非常卑劣。

光是這次事件，就足以看出紅珠的心靈有多麼惡毒。最疼愛的甥兒被這種妖魔盯上，難怪月夜王公的臉色比平時還要難看。

「津弓少爺在宮殿裡嗎？」宗鐵問。

「是。在逮到紅珠以前，吾不會准許他出門的……話說回來，玉雪呢？」月夜王公問。

「先送她回我家了。」宗鐵答道。

「那就好，有勞你了！這次可要把她完全治好啊！」月夜王公叮囑。

「哪裡，這是我的份內工作。那麼，我這就告辭了！」宗鐵匆匆起身。他不願讓美緒獨自看家，一心只想趕快回去。

這時，月夜王公又叫住宗鐵：「吾會派烏天狗護衛駐守在你家周圍，這個紅珠非常難纏，說不定她又會去找玉雪的麻煩！」

「那個叫紅珠的女妖……為什麼纏著玉雪不放呢？」宗鐵覺得不解。

「那女妖並非憎恨玉雪，只是，如果玉雪遭到不測，彌助就會傷心。只要那小鬼頭傷心，他的養親千彌就會情緒大亂……紅珠眞正恨的是千彌，而且是恨之入骨！」月夜王公沉著臉道。

「千彌？」宗鐵有些訝異。

月夜王公沒有多作解釋，只是淡淡的說：「你不用擔心，吾不會再容許任何犧牲，這個案子一定很快就會解決！」

最後一句話，就像是他在跟自己立誓一般。宗鐵什麼也沒說，行了個禮，便退出房間。

宗鐵回到家，美緒正在等他。「爹爹，您回來了！」

他一把抱住飛奔過來的美緒，同時快速掃視家中一遍。還好，沒有什麼詭異的氣息。

宗鐵稍稍舒了口氣，才問道：「玉雪怎麼樣了？」

「沒事，剛剛大家一起把她抬進去了，我讓她睡在裡面的房間。她沒有再發作，也沒再流血了。」美緒答道。

「是嗎？那我去診察一下吧！」宗鐵點頭說。

果然如美緒所言，玉雪的血已經止住，傷口開始癒合，呼吸也很平穩。雖然還沒恢復人形，意識也尚未清醒，不過表情看起來很平靜。

察看完玉雪的情況，宗鐵就輕輕攬住美緒，問她：「妳今天其實很害怕吧？可是如果要當醫生，就會經常碰到這種事喔！」

醫生有時會摸到染毒的汙血，有時會被病患的膿汁噴上身，遇到因爲疼痛而意識不清、發狂施暴的病患，醫生甚至會被攻擊。總之，醫生是一門危險的行業。

宗鐵說完，定定的注視美緒，說：「這樣妳還是不怕當醫生嗎？如果妳不想繼續走這條路，我當然也完全接受喔！」

美緒的眼神有些動搖。

終於，她囁嚅著說出心裡的感受：「今天我真的很害怕，我從來……沒見過那麼多血。我在縫、縫傷口的時候，也有點不想做了！」

宗鐵聽了，沉默不語。

美緒繼續說：「可是，當我看見玉雪的樣子，就更害怕了！要是換成爹爹，一定會縫得更快更好。如果因爲我太差勁，把玉雪害死了怎麼辦啊？」

「美緒……」宗鐵不捨的說。

「所以我想，以後還要繼續幫爹爹的忙。還有很多醫術我都想做得更好……您可以繼續帶我去看診嗎？」美緒眞心的問。

宗鐵不禁鬆了一大口氣。經過今晚的事，美緒好像忽然長大了。看著似乎已經有點自信的女兒，他笑著說：「好！那麼，我以後會盡量帶妳去看各種各樣的病人。話先說在前頭，爹爹當師父可是很嚴格的喔！」

「嗯，我一定會努力！」美緒用力點頭。

「哈哈，說得好！不過，我一直想問妳，爲什麼那麼想當醫生呢？」宗鐵開心的問。

美緒一聽，小臉忽然紅了：「因爲，只要當了醫生，就能幫彌助的忙啊！彌助要是覺得我很管用，說不定就會答應娶我，對不對？」

「這……我去彌助家一下！」宗鐵忽然說。

「咦，現在嗎？」美緒嚇一跳。

「對，非得馬上過去不可！……不，還是先等一下吧！月夜王公要派烏天狗來保護我們家，等他們來了我再出去吧！」宗鐵頓了一下才說。

「烏天狗要來我們這裡嗎？」美緒很驚訝。

「是的，他們會暫時守護我們家，這樣我才能放心出門。妳就待在家裡，幫我好好看顧玉雪。」宗鐵說。

「爹爹……您在生氣嗎？」美緒有點不安。

「沒有啊！哈哈，我怎麼會生氣呢？」宗鐵勉強擠出個笑容，等到烏天狗一來，他就迫不及待的飛奔出門。

那天晚上發生的事，一直到很久以後都還是妖怪界的笑談。

原來，宗鐵一路衝到彌助住的太鼓長屋，對著屋裡大吼：「你不要玩弄我女兒的感情哪！」結果，馬上被烏天狗們逮個正著。

當時，太鼓長屋周圍都有烏天狗重兵把守，警戒森嚴。為了防止紅珠偷襲，烏天狗們個個全神戒備，當然不會容許宗鐵闖進屋裡。

可是，宗鐵已經失去理智，怎麼勸都不聽。他跟烏天狗們拉拉扯扯，起了衝突，最後勞動月夜王公的得力助手飛黑出馬，好不容易才解決這場糾紛。

從此以後，遭烏天狗合力壓制的宗鐵，被妖怪們取了一個「傻爹醫生」的綽號。

玉雪的催眠曲

1

那年夏天異常炎熱，空氣中一點風都沒有，熱浪彷彿要把身體融化一般，就連夜晚也很難熬。

「快受不了啦！」即使是習慣炎夏的江戶居民，也禁不住抱怨連天。

可是，兔子女妖玉雪心情卻很好，因爲她聽說月夜王公已經處決紅珠。那個瘋狂追殺彌助的紅珠已經不在，彌助也就安全了！

對玉雪而言，彌助是個特別的孩子。她非常疼愛彌助，恨不得整天待在他身邊。可是，玉雪的妖力還很微弱，一到白天就會變回兔子原形。所以，她只好每天晚上去太鼓長屋，藉口說要幫彌助照顧小妖怪，才有理由和他相處。

只是，最近這一兩個月中，玉雪卻沒什麼機會和彌助親近。

當初她挺身爲彌助擋下紅珠的攻擊，因此身受重傷。這還不打緊，更糟的是紅珠在玉雪體內留下一片指甲，再一次將她折磨得遍體鱗傷。

雖然終究保住了一命，但是在完全康復之前，玉雪卻不能去見彌助。因爲要是讓彌助知道了，他一定會自責的說：「這都是我害的啊！」

所以，玉雪拼命按捺想見他的心情，獨自努力養傷。

只是，當她康復後去見彌助，卻發現太鼓長屋四周，被一道牢不可破的結界完全包圍了。

由於結界阻擋，玉雪還是無法見到彌助。誰知到頭來，那道結界根本防不住紅珠，彌助終究被她用計下了毒……。

不過，一切終於澈底結束了！今天晚上又可以見到彌助了！

玉雪想到這裡，忍不住心情雀躍。夕陽一落山，她就立刻動身到太鼓長屋。

然而，許久不見的彌助，竟病懨懨的躺在臥榻上。玉雪見狀，丟下手裡捧的一籃夏蜜柑，衝了過去。

「彌、彌助，你怎麼了？」玉雪大叫。

「哎，沒事啦！應該只是中暑吧！」像是要讓她安心似的，彌助勉強露出笑容。只不過，他的臉色看起來很差，好像也瘦了一點。

這時，坐在一旁給彌助搖扇子搧風的養親千彌，皺起眉頭憂心的說：「怎麼能說沒事？瘦成這個樣子……說不定你的體內還留著殘毒啊！我再去叫月夜王公，請他給你檢查一下吧？」

彌助一聽，立刻反對：「為了這點事就叫他，月夜王公會生氣喔！更何況，說我已經沒事的就是他呀！」

「那叫宗鐵來怎麼樣？」千彌又說。

「那也不行啦！他好像把我當成敵人似的。而且，我不想再被針戳來戳去，或是被強迫喝苦藥了！」

「嘖……！」千彌不悅的住口了。

這時候，一旁的玉雪細聲問彌助：「那個……你眞的不要緊嗎？」

「眞的啦！我只是有點累，沒什麼食慾罷了！」彌助苦笑道。

「那、那就是說，你都沒吃飯嗎？」玉雪臉色一變。

「一天兩天少吃點，也死不了的！拜託你們倆就不要那麼擔心嘛！我只要習慣了這種大熱天，馬上就會變好的！」見彌助滿不在乎的樣子，玉雪卻忍不住捏緊自己的手。

她知道，彌助現在這樣，絕不只是天氣的關係，而是因爲他的身體變差了。這段日子以來，他歷經被紅珠追殺的恐懼，和無法克制的緊張感，那些情緒都對身體不好，再加上又被下毒，差點就丟了性命。雖然現在已經解毒，但是要恢復到從前的體力，大概還得花不少時間。

玉雪焦急的想，她能爲彌助做什麼呢？

然而，當她正在煩惱時，千彌竟無情的對她說：「就是這樣，彌助必須好好休息。玉雪，妳回去吧！」

「咦？」玉雪嚇一跳。

「在彌助的身體好轉以前，妖怪托顧所都不能開了！這裡暫時沒有需要妳幫忙的地方，所以，妳就回去吧！」千彌又說。

「怎麼這樣？那麼，至少讓我照顧他呀！」玉雪不禁抗議。

「不必了！彌助有我就夠了！」千彌說完，不由分說就把玉雪推出門外。

玉雪被趕到外面，只聽背後傳來「砰！」的關門聲，就算是素來好脾氣的她，也忍不住低聲埋怨。

雖然千彌對彌助的溺愛是衆所皆知，可是，她對彌助的愛心也絲毫沒少一點啊！玉雪心想，千彌自己獨占彌助，眞是太小心眼了！

不過，她並沒有大聲吵嚷，而是靜下心來，認眞思考。

她到底能為彌助做什麼？對了，送他一點東西怎麼樣？有什麼東西是現在彌助吃了會開心的？她決定去找找看。

玉雪首先想到的，就是雪。去年第一次積雪的時候，彌助像快樂的小狗般，一頭衝進雪堆裡，抓起一大把雪往嘴裡塞。

「我最喜歡吃雪了！」彌助咧著一口白牙笑起來，那表情眞是可愛。

對了！就送雪過去吧！去找冰冷的雪給彌助，他一定會很高興的說：「哇，好冰喔！」玉雪想像著彌助開心的笑容。

於是，她立刻動身前往鈴白山。那是一座高聳入雲的山，即使在盛夏也會有殘雪。玉雪想蒐集一些雪，送去給彌助。

然而，當她到了鈴白山，卻發現山頂只剩下一點點殘雪，而且都像是融化之後再次結凍的。與其說是雪，不如說像碎冰，還沾著灰砂，看起來很不乾淨。

這樣的雪，怎麼能給彌助吃啊！玉雪正失望間，忽然聽到隱隱約約的歌聲，同時吹來一陣冰冷的風。

她情不自禁沿著風吹來的方向追去，發現一處岩壁上，裂開一道大縫。那道裂縫好像很深，冷風就是從裡頭吹出來的，歌聲也是一樣。

有誰在裡面。恐怕是個妖怪。

如果是平時，玉雪絕不會鑽進那裂縫。對妖力微弱的她而言，無論對方是誰都很危險。

但是，那裂縫中吹來冰涼的風，說不定裡頭有結冰。即使沒有雪，只要有冰柱或是潔淨的冰塊，也許都能討彌助的歡心。

想到這裡，玉雪就毫不猶豫的鑽進裂縫當中。她小心翼翼的前進，只覺空氣愈來愈涼，最後連鼻尖和指尖都開始凍得發疼。

就在這時，剛才的歌聲逐漸清晰起來。

飄飄飄　白雪落下來
守著白山的是　比雪更白的細雪丸
咻咻咻　吹雪在呼喚
那裡有孩子被凍僵

這裡有孩子被雪埋
跑啊　跑啊　細雪丸
救了孩子　等待春天
飄飄飄　白雪落下來
雖然積雪到春天　誰也不受凍
只要有　細雪丸
只要有　細雪丸

那歌聲很美，感覺沒有邪惡的氣息。

就在玉雪聽得忘我的時候，忽然，歌聲停止了。接著，一個尖銳的聲音傳來：「是誰？」

玉雪定了定心，從岩壁後現身。只見在她面前不遠處，站著一個妖怪。

2

那個妖怪看上去是個十二、三歲的少年，穿著彷彿飄在空氣中的單薄和服，雪白的皮膚上覆著半透明的藍色鱗片，眼睛有如冰一般湛藍。

見妖怪少年直直瞪著她，玉雪趕緊主動道歉：「非常對不起，我、我叫做玉雪。擅自闖進來，請恕我失禮。我是聽、聽到這裡傳來悅耳的歌聲……忍不住就跟來了！」

聽她這麼一說，那妖怪原來緊綳的神情頓時放鬆，愉快的微笑像波浪一般蕩漾開來。

「我的歌很美嗎？」他問。

「是的，非常美！」玉雪點頭。

「那是當然了！這可是從前有人爲我作的歌，也就是我專屬的歌！」妖怪又說，他叫做細雪丸：「我是冬天的妖怪，從很久以前就一直住在這山裡。」

「很抱歉，我不知道。」玉雪說。

「那也難怪，我只有冬天才會外出，沒有雪或冰的季節，就在這岩洞裡度日。不認識我的妖怪很多，也是當然的。」細雪丸說。

「那麼，你一直都一個人嗎？」玉雪好奇的問。

「是啊！雖然挺無聊，不過這裡很好住。夏天的熱風吹不進來，也能存放好多冬天積的雪，我從來都沒餓過肚子。」細雪丸回答。

玉雪聽了，忽然想起她來這裡的目的，趕緊問：「你有雪嗎？就在這洞窟裡？」

「有啊，妳要看嗎？」細雪丸爽快的說。

「是的！」玉雪大喜過望。

於是，細雪丸領著玉雪走進洞窟深處。只見那裡堆滿了雪，全都潔白澄淨，彷彿是剛積上來的新雪。

玉雪看得發愣，細雪丸卻逕自將手伸進雪堆，抓起一團雪，像吃飯糰似的塞進嘴裡，說：「這就是我從春天到秋天的糧食，在冬天存下來的。」

「好、好壯觀呀！」玉雪的聲音興奮得高昂起來。這正是她想找的東西，說什麼也要送去給彌助。

於是她問：「細雪丸，你可以把這裡的雪分一點點給我嗎？我想送給一個孩子。」

「孩子？是妳的同伴嗎？」細雪丸好奇的問。

「不，他是人類的孩子。」玉雪搖頭。

細雪丸聽了，露出不可思議的表情：「妳對人類的小孩那麼好……？那孩子知道妳的真實身分嗎？」

「是，他知道。他是和妖怪很有緣分的孩子。」玉雪簡單說了一下關於彌助的事，細雪丸興致盎然的聽著。當他聽到彌助在幫姑獲鳥看顧小妖怪，眼睛忽然一亮：「是姑獲鳥啊……」

「咦？」玉雪有點訝異。

「沒什麼……外面的世界真是充滿許多有趣的事啊！對從沒離開過這裡的我而言，每件事聽起來都很新鮮呢！好啦，妳說要我分一點雪給妳，沒錯吧？」細雪丸說著，忽然淘氣的笑起來：「我是冬天的妖怪，不能碰任何溫熱的東西，不過，我卻喜歡溫暖的感覺。妳要是能給我一些，那麼想要多少雪都可以喔！」

玉雪一聽，趕緊點頭。無論如何，她實在太想要雪了！

不過，細雪丸提出的條件也很難。他所謂的溫暖，應該是指心中的感覺吧！那麼，又該如何給他呢？突然被這麼要求，玉雪一時也想不出來。

見她陷入煩惱，細雪丸咧嘴笑道：「妳慢慢想吧！我不急啦！」

說完，他就坐在旁邊的岩石上，愉快的唱起剛才的歌。

玉雪忽然想到，這個妖怪一定喜歡歌曲。那麼，如果唱溫柔的歌給他聽，像是催眠曲那種的，他應該就會覺得溫暖吧？

想到這裡，玉雪腦海中猛的湧起一段回憶。

很久以前，她還只是一隻野兔的時候，不小心中了山裡捕獸的陷阱。她的腳被夾住，怎麼都拔不出來。

玉雪以爲自己死定了。就在那時，她聽到有人踩過草地，腳步聲愈來愈近。她以爲是獵人來了，害怕得全身僵硬。

可是，撥開草叢的卻是一個四、五歲左右的小男孩。當他發現玉雪，立刻轉頭大聲呼喚：「阿娘！快來這裡！」

接著，出現一個看起來像是他母親的人。只見她穿著行旅裝束，手裡抓著一把野草。

「看呀！好大的兔子！」小男孩叫道。

「哎呀……看來我們得把牠放生啊！」母親說。

「為什麼？」小男孩問。

「這隻兔子好大呀！牠一定是山神的使者，我們得趕快把牠還給山神啊！」母親又說。

「可是，獵人不會生氣嗎？」小男孩又問。

「我們留一些藥草在這裡就好了！智太郎，你去拿外傷藥膏來，阿娘這就幫牠把陷阱解開。」母親說。

「嗯！」小男孩點頭。

就這樣，那對母子解開陷阱，又給玉雪腳上的傷口塗藥。玉雪已經筋疲力盡，就任由他們處置。她的心中無比快樂，不是因爲保住性命，而是因爲那對母子的溫情令她非常感動。

所以，當玉雪可以行動之後，她就追上那對母子，悄悄跟在後頭守護他們。母子倆好像是賣藥的行旅商人，他們到處蒐集藥草，再沿途兜售。

過了幾天，母子倆才發現有兔子在跟蹤他們。小男孩似乎很高興多了個旅伴，還給她取名「玉雪」。

從那時起，她就從一隻平凡的野兔變成「玉雪」了！

日子一天天過去，玉雪愈來愈喜歡這對母子。活潑開朗的智太郎，和知識豐富又溫柔的母親，只要看著他們手牽手往前走，玉雪就覺得心裡暖暖的。每當夜晚露宿野地的時候，玉雪也會盡量靠近他們，因為那樣就能聽到催眠曲。

夜復一夜，總會哼唱催眠曲給孩子聽的母親，如今已不在人世。可是，那孩子還活著。他已經改名為彌助，健康順利的長大了。

玉雪腦中響起那個母親的歌聲，然後，她發現自己不知不覺唱起來了。

翻來覆去　該睡覺了
狐和狸也暖洋洋
蜷成一團閉上眼
男孩　你在夢什麼
伊勢神宮[2]的夢嗎

龍王宮殿的夢嗎
金銀亮晶晶　夢裡全是寶
喲呵　笑得好　睡得飽

玉雪的歌聲在洞窟中迴盪，柔和悠長，尾音綿延許久，才漸漸消失。

在一片靜寂之中，細雪丸直直盯著玉雪。

他不滿意嗎？這首歌不好嗎？玉雪心中忐忑不安，卻聽細雪丸幽幽的說：「眞是好歌啊！很溫暖。」

「那、那麼……」玉雪興奮得結巴起來。

「嗯，就給妳雪吧！妳想要多少儘管拿。」細雪丸點頭說。

「謝、謝謝你！」玉雪趕緊取出帶來的籃子，開始裝雪。忽然，她又想起什麼，轉頭對身後的細雪丸說：「對了！剛才那首歌，可以請你再唱一次嗎？那首歌非常好聽，我也想學起來！」

「妳想唱給人類的孩子聽嗎……？那麼，我知道一首更好的歌，就教妳那首吧！」細雪丸說完，便開口唱起來。

---

2 伊勢神宮：日本皇室的神社，位在現今三重縣伊勢市，祭祀日本民族的上祖天照大神。

3

那天夜裡，當千彌聽說玉雪帶來一籃雪，態度整個大轉變，馬上迎她進門。

玉雪把白雪盛進碗裡，再淋一大杓用夏蜜柑煮成的甜汁，端給彌助：「請吃吧！」

「彌助，是雪喔！好冰喔！快吃啊！」千彌殷勤的說。

「你們倆都太寵我了！」彌助一面苦笑，一面接過碗。才吃第一口，他的臉色立刻發亮，大叫：「哇，太好吃了！好冰涼，好好吃呀！」

「太好了！還有很多喔！你想吃多少都可以呵！」玉雪欣慰的笑道。

「嗯，謝謝玉雪姊！我從沒想過夏天可以吃冰啊！」彌助瞇起眼睛，一口接一口，吞下又冰又甜的白雪。

玉雪打從心底高興，自己取來的東西能讓彌助吃得這麼歡喜，光是這樣，她付出的辛勞就值得了。

轉眼間，彌助就把一碗雪吃光了！玉雪立刻招呼說：「彌助，再來一碗怎麼樣？」

「不，已經夠了，謝謝。我好像都開始發冷了！」彌助笑道。

千彌一聽，立刻說：「那可不行！你得趕快把身體裹起來！」

他匆匆取出一件厚厚的半纏3，裹在彌助身上。看見彌助被包得像顆堅果，玉雪溫柔的說：「對了，還有一個禮物呢！有人教我一首歌，非常好聽，我來唱給彌助聽吧！」

玉雪說著，就閉上眼睛，努力回想細雪丸教她的歌，開口唱起來。

沒有月亮的黑夜
銀色的鳥在飛翔
有哭泣的孩子嗎
有迷路的孩子嗎
看見寂寞的孩子

就溫柔的抱起他
直到他綻開笑容
沒有月亮的黑夜
讓銀色的鳥照亮你

唱到一半，玉雪就怔住了，因為彌助也和著她的歌聲唱起來。

一曲唱畢，彌助笑著說：「哇，好懷念的歌啊！很久沒聽到了！」

「彌、彌助，你知道這首歌嗎？」玉雪驚訝的問。

「嗯，這是千哥從前經常唱給我聽的。對不對，千哥？」彌助點頭說。

可是，千彌卻偏著頭問：「有嗎？」

「說什麼啊？小時候你常常唱給我聽呀！」彌助有點訝異。

「我……一時想不起來了。既然彌助這麼說，就是這樣吧！」

千彌的回答，令彌助不由變了臉色：「這麼健忘……不像平常的千哥啊！你不要緊嗎？」

對著皺起眉頭的彌助，千彌溫柔的捏了捏他的臉頰：「你不要一副擔心的樣子嘛！我也有忘東忘西的時候呀！好啦，快閉上眼睛吧！趁現在身體涼快，應該會比較好睡。對了，玉雪，妳教我剛才那首歌，下回換我唱給彌助聽。」

那天晚上，千彌和玉雪就輪流為彌助哼唱催眠曲，一直到他睡著。

---

3 半纏：附有厚棉夾層的傳統日式冬季外套。

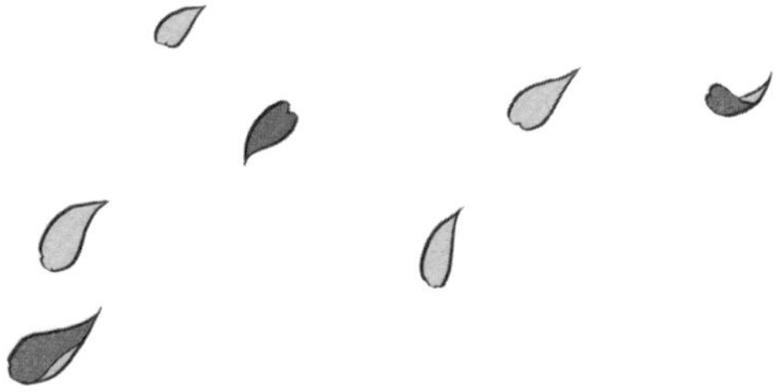

鈴白山的冬天訪客

1

唉，怎麼還在哭啊！細雪丸一睜開眼，就忍不住皺起眉頭。

這裡是鈴白山深處的洞窟，一年到頭都冷得像結冰一般。細雪丸就誕生在這裡，他是匯聚山中靈氣而成形的妖怪。當他出生的時候，身邊既沒有父母也沒有同伴，可是，他知道自己叫做細雪丸，也知道自己是屬於冬天的妖怪。

打從出生之後，所有的生活知識都是細雪丸自己學來的。他知道雪和冰柱有多麼甜；他知道和雪花共舞有多麼歡樂；他知道和北風玩耍有多麼愉快……細雪丸就是鈴白山的孩子，雖然不能離開這座山，但是他並沒有不滿。

冬天總是過得很舒服，景色也很美麗。等到春天將至，細雪丸就回去洞窟，一直睡到下一個冬天來臨。有時候他會餓得醒過來，就吃一些冬天囤積的雪，或是舔一下冰柱，然後很快又睡著了。這就是細雪丸的生活。

可是，這樣的生活如今卻被擾亂了。

原因是幽靈。曾有一對小姊妹死在鈴白山上，她們的靈魂一直依附在這座山裡。

每當雪花開始飄落，就會聽到她們的哭聲：「我想回家！」「我好冷啊！」正因如此，細雪丸已經好幾年都無法愉快的醒來。

今年，他又聽到了。那細弱哀怨的啜泣聲，隨著冷風幽幽傳來。

細雪丸嘆口氣，從睡覺的岩塊上爬起身，走出洞窟。雖然雪還沒積上來，但地面遍布寒霜，樹上也結滿冰柱。冬天已經降臨了！

然而，細雪丸沒有伸手去摘樹上的新鮮冰柱，而是直直往深山裡走去。他見過的幽靈就在那裡，是兩個穿著破爛蓑衣的小女孩，姊姊看起來八歲左右，妹妹大約五歲。她們倆緊緊牽著彼此的小手，不停哭泣：「我想回家……」

但是，細雪丸不知道該怎麼辦。他是真的不知道啊！

冬天期間，細雪丸經常去探望小姊妹，每當啜泣聲隨著冷風傳進耳中，他就忍不住擔憂。他不明白這是一種哀憐的感情，只是一次又一次的去看她們。

直到多年之後的某個冬天，終於有了轉變。

那年冬天，細雪丸一如往常醒來，又往深山裡走去。小姊妹還是在那裡，正蹲在地上哭泣。

細雪丸站在旁邊看了一會，忽然身子一僵。只見一隻很大的鳥盤旋而下，落在眼前。

那是一隻大得可以讓細雪丸乘上去的鳥，羽毛顏色淺淡，介於灰色和銀色之間，微微閃耀著光芒。大鳥的脖子上長著一張人形的臉，面貌是披著一頭長髮的女人。

人面鳥降落在小姊妹跟前，對她們說話。細雪丸聽不到她的話，但他知道那聲音又輕又柔。

接著，原來在哭泣的兩個小女孩，忽然一齊抬頭。就在細雪丸還沒反應過來的時候，更令人吃驚的事發生了——那兩個小女孩站起來了，顫巍巍的向人面鳥伸出小手。

彷彿母鳥擁抱小鳥一般，人面鳥將兩個小女孩摟進翅膀之下。就在那時，細雪丸才第一次看清楚人面鳥的臉。

那是一張無比溫柔又慈愛的臉。

剎那間，細雪丸的身體深處猛然顫抖起來，那種感覺化成一股暖流，傳遍他的全身。這是他生平第一次感受到溫暖，如此強烈，如此舒服，好像連指尖都充滿那種感覺。他幾乎以為被人面鳥摟住的不是小姊妹，而是自己。

這時候，人面鳥唱起歌來。

沒有月亮的黑夜
銀色的鳥在飛翔
有哭泣的孩子嗎
有迷路的孩子嗎
看見寂寞的孩子
就溫柔的抱起他
直到他綻開笑容
沒有月亮的黑夜
讓銀色的鳥照亮你

那歌聲非常甜美，細雪丸不知不覺隨著歌聲擺動身體。他腦中迷迷糊糊的，但是感覺異常舒服。

至於那一對小姊妹，她們緊緊抓住人面鳥的胸口，把小臉埋進她柔軟的羽毛之間，快樂的笑著。那咯咯的輕笑聲，聽起來很幸福。

笑著笑著，只見小姊妹的身影漸漸融入人面鳥的身體，最後完全消失。

人面鳥張開翅膀，帶著看似欣慰的微笑，振翅飛向漆黑的夜空。

就這樣，她離開了鈴白山，也從細雪丸的眼中消失了。

從那天起，細雪丸改變了。

只要發現山裡有快凍死的人類，他就會忍不住伸出援手。如果對方還剩一點體力，細雪丸會指引方向，叫他快點下山去；如果是已經快凍死的人，細雪丸就把他抬到山腳下，讓路過的人容易發現他。

可是，也有些人已經沒救了，尤其冬天的山上這麼寒冷，小孩轉眼間就會失去性命。細雪丸無論如何都想拯救小孩，他再也不願讓這座山被孩子們的幽靈依附，更不願聽見那悲慘的哭泣聲。

於是他絞盡腦汁，勞心勞力，終於設計出一個最好的方法。此後大概十年間，再也沒有任何小孩在山上凍死。

然而，就在細雪丸終於開始滿意成果的時候，鈴白山來了不速之客。

2

有一個帶著小孩的人進山了。

聽完北風報告，細雪丸的眉頭皺了起來。今天風雪交加，選這種天氣踏進鈴白山，是個什麼樣的傻瓜呀？

但是，既然得知消息，細雪丸就放不下心。他來到北風指示的地方，瞇起眼四處打量，終於發現一個年輕男人。

起初，細雪丸以為他是個人類和尚，因為那男人沒有頭髮，也沒穿蓑衣和草靴。然而，在如此嚴寒之中，他的皮膚卻依然如常，即使雪深及腰，還是面不改色的往前走。

那不是人，是個妖怪！細雪丸察覺到他身上的輕微妖氣。

緊接著，他馬上又發現別的氣息。只見那男人的背上，有一個用

熊皮裹起來的東西。

那是一個孩子，大約四或五歲的人類男孩。然而，他的臉色嚴重發青。

這孩子快死了！他的身體冰冷，生命之火正在逐漸熄滅。

細雪丸心中升起怒意，衝到那男人面前，大吼：「不准你讓這孩子死在山上！」

聽到他的吼叫，那男人抬起頭來。他有一張非常俊美的臉，雖然不知爲什麼閉著眼睛，但是那種美麗，就像風雪過後出現的滿月一般，令人內心悸動。

對著發愣的細雪丸，男人冷冷的開口了：「你可是這座山的妖怪？」

「是、是啊！你爲什麼帶小孩來這裡？是想殺掉他嗎？」細雪丸大聲問。

「殺掉？你說什麼傻話！這孩子是我的寶貝，我不會傷他一根寒毛！」男人說。

「那你在幹什麼？難道你不懂嗎？在這種大風雪中帶著小孩到處跑，可是會害他凍死的！」細雪丸怒聲道。

聽細雪丸這麼一說，那男人好像終於懂了。他吃驚的對背後的孩子呼喊：「彌助、彌助！起來呀！你怎麼了？回答我呀！唉呀，他是怎麼了？我有用熊皮把他包起來啊……！」

「像這樣天寒地凍的，那種東西有什麼用啊？你也未免太沒常識了！」細雪丸忍不住搖頭，對俊美的男人說：「我有一個不讓這孩子死掉的方法，不過很花時間。在春天來臨以前，你們都不能離開這座山，怎麼樣？」

「只要不讓這孩子死掉，無論花多少時間都無所謂，請救救我們吧！」男人很乾脆的說。細雪丸聽了，不禁輕笑起來。這人看起來是傻，不過個性倒挺爽快。

於是他手一伸，將小孩從男人背上拽過來。

「你幹什麼？」男人大吼。

「不要叫！跟我來就是了！」細雪丸說著，就在風雪中奔跑起來。那男人趕緊跟上，他的氣勢宛如大野豬般勇猛，腳下揚起碎雪，緊追在細雪丸身後。

我還挺欣賞這個人，細雪丸心想。於是，他將這個不速之客帶到自己的洞窟。

剛在洞窟深處停下腳步，那男人就凶神惡煞般的揪住細雪丸：「你這傢伙！是想奪走彌助嗎？」

「我只是想救他啊……你好像眼睛看不見？不過，只要是妖怪，應該多少能點感覺到這裡有什麼吧？」細雪丸說。

那男人似乎這才意會過來，放開細雪丸，轉向前方。

洞窟深處，到處都是湛藍色的冰塊，而在冰塊裡頭……男人倒抽一口氣，問：「這些是……人類嗎？」

「是的。我今年發現兩個，就把他們凍結在冰塊裡。這些都是小孩，如果不是小孩，我的法術就不管用。」細雪丸說。

原來，只要發現快凍死的孩子，細雪丸就將他們用比雪更冷的魔冰封起來，這就是他發明的救命方法。雖然被凍結在冰塊當中，但這些孩子並不會死，只是陷入沉睡。到了春天，細雪丸的魔冰就會融化，孩子們便能回復生機。

那男人似乎恍然大悟，倏的回過頭對細雪丸說：「我進入這座山之前，在山腳下的村落聽到謠言，說冬天消失在這山裡的孩子，到了春天就會活著回來……他們說那是天狗妖怪的神隱[4]。」

「我既不是天狗也不是鬼，只是冬天的孩子罷了。不說閒話了，你看這孩子，已經奄奄一息了！我能做的就是把他封進魔冰裡……怎麼樣？」細雪丸急急的問。

「你以前失敗過嗎？有沒有到了春天卻沒醒過來的孩子？」男人反問。

「到現在一次都沒有！」細雪丸說。

「那麼，請幫他吧！」男人立刻回答。

「我再說一次，只要我施了法術，這孩子一直到春天都不會醒來喔！」細雪丸再三確認。

「只要他不會死，就無所謂。」男人立即回答。他的語氣非常堅定，似乎絕不願失去這個孩子。

是的，我也不想看著孩子死在這座山裡。細雪丸心裡突然冒出一種感覺，這個人跟下定決心的自己，是有幾分相像。

於是，他對著懷裡垂死的小孩，輕輕吹起回生之氣。

---

4 神隱：日本古老的迷信，認爲忽然失蹤的人，是被神鬼藏起來或被天狗妖怪抓去，尤其多用在小孩失蹤的情況。

3

入夜後，細雪丸將整座山巡視一遍，才返回洞窟。

在洞窟深處的藍色冰塊前，站著那個妖怪。已經過了一晝夜，那個俊美的人形妖怪既沒闔過眼，也沒吃任何東西，只是直挺挺的站在那裡。

他該不會打算在那裡一直站到春天吧？細雪丸不禁有點擔心，便出聲喚他：「喂！你要吃雪嗎？還是我去拿乾淨的冰塊過來吧！」

「不用。只要我願意，是可以不吃東西也不睡覺的。」那妖怪說。他的回答總是那麼無味，似乎在叫人不必理他。

細雪丸覺得挺無趣，便也站到冰塊前。冰塊中共有三個孩子，雖然他們撿回一命，卻被凍結起來，在冬天結束以前都不能回家。至少，希望他們能睡得好一點。

細雪丸暗暗祈願，接著緩緩唱起歌來。

沒有月亮的黑夜
銀色的鳥在飛翔
有哭泣的孩子嗎
有迷路的孩子嗎

看見寂寞的孩子
就溫柔的抱起他
直到他綻開笑容
沒有月亮的黑夜
讓銀色的鳥照亮你

唱完歌，細雪丸覺得心情好多了。今天也唱得挺好，他心想，就像那個人面鳥給幽靈小姊妹唱的一般，自己也是懷抱著溫情而唱的。

就在細雪丸滿意的轉過身時，只聽身旁的妖怪低聲說：「好歌啊……是你作的嗎？」

這是他頭一次主動和自己搭話，細雪丸不禁有點高興，答道：

「不，不是我，我是從鳥那兒聽來的。」

「鳥嗎？」那妖怪似乎有點驚訝。

「嗯，那鳥對著小孩唱歌，所以我也對這裡的孩子唱歌，讓他們在冰塊當中作個好夢，我是這麼想啦！」細雪丸搔搔頭。

「是嗎……？那我也來唱歌。你可以教我那首歌嗎？」那妖怪問。

從那天以後，洞窟裡就響起兩道歌聲。

人面鳥的歌，似乎有感化那個神祕妖怪的功效，漸漸的，他開始會和細雪丸說話。他也告訴細雪丸，自己叫做千彌。

細雪丸逐漸覺得和千彌說話挺愉快，那是一點一滴認識對方的樂趣。

有一天，他注意到千彌的頭，因爲一根頭髮也沒有，簡直就像雞蛋般光滑。細雪丸已經看著他的頭二十多天了，頭髮卻毫無生長的跡象。

他忍不住問千彌：「你的頭髮眞是完全不長啊？」

「大概永遠不會長了！我是被妖力強大的傢伙剃掉的。」千彌說。

被力量強大的妖怪奪走之物，是永遠不會返還的，這一點細雪丸也知道，於是他又問：「爲什麼他要奪你的頭髮呢？」

「大概是想讓我遭受嚴重的懲罰吧……他把我綁起來，剃掉頭髮，說我既然失去眼珠，就不再需要蓋住額頭的亂髮了！」千彌又說。

「那傢伙眞是可惡啊！」細雪丸忿忿的說。

「是啊！不過我從前是比他加倍可惡的妖怪。只是……因爲這個孩子，我覺得我改變了，有種從內到外煥然一新的感覺。」千彌閉著眼睛，對冰塊中的男孩溫柔微笑。

細雪丸也望向那男孩。即使仔細端詳，那孩子還是很平凡，他的臉看起來有點頑皮，五官實在稱不上俊美。究竟這孩子有什麼特別之處呢？

「這孩子是你的誰啊？」細雪丸好奇的問。

「是我發現他的，也是他發現我的。」千彌說。

「就這樣……？」細雪丸有些不信。

「就是這樣。」千彌乾脆的說。

雖然還是不大明白，細雪丸也只有聳聳肩。

接著，換千彌發問了：「那我也可以問個問題嗎？你爲什麼要救人類的孩子呢？你盡心盡力救這些人，對你又有什麼好處呢？」

「有溫暖啊……」細雪丸想了想，才答道。

「溫暖？」千彌似乎不懂。

「是的，從前那鳥教會我的。」細雪丸告訴千彌，那對曾經徘徊在山裡的幽靈姊妹，還有來接她們的人面鳥的故事。

「我是冬天的孩子，體膚寒冷，只能吃雪和冰，玩伴也只有暴雪和北風……可是，當我聽見那人面鳥的歌聲，卻感受到了溫暖。原來像我這樣的妖怪，也能感受到溫暖。我還想再體會更多，再感受更多，這種心情也是無可厚非吧……？不過，其實還不只這樣。」細雪丸閉上眼睛。

那時候，幽靈小姊妹被人面鳥擁進懷裡，露出好幸福的笑容。他說，看見那情景，雖然很高興，同時卻也感到非常失落。

「失落？爲什麼？」千彌不明白。

「因爲拯救她們的並不是我……我其實一直想救她們呀！可是，我居然不知道自己眞正的想法，到頭來什麼都沒做。」細雪丸黯然道。

「不過，那兩個孩子還是得救了啊？」千彌依然不解。

「是沒錯，但我一點忙都沒幫上，讓我感覺很失落，也很懊惱。所以……我發誓從此以後，不再讓任何小孩死在這座山上！」細雪丸說，只要是下定決心的事，他就一定會做到。

聽到細雪丸喃喃爲自己打氣，千彌不禁微笑起來：「姑獲鳥若是知道了，一定會很高興吧！」

「姑獲鳥？那是誰啊？」細雪丸疑惑的問。

「是集天下母愛而生的妖怪，你看見的人面鳥，大概就是她吧！

她應該是聽到幽靈小孩的哭泣，才趕來救她們的。」千彌說。

細雪丸聽了，說不出話來。

「放心吧，那兩個幽靈小孩一定已經沒事了。」千彌肯定的說。

聽了千彌的話，細雪丸不由得感到高興。不過，當他正要道謝時，千彌卻背過身，對著冰塊中的孩子唱起歌來。

千彌的歌聲，幾乎和那人面鳥的歌聲一樣溫柔。寒冷的洞窟裡，洋溢著似乎能融化冰塊的溫暖之情。

啊，好溫暖！細雪丸陶醉在溫暖的歌聲中，想起那個人面鳥。

原來她叫做姑獲鳥？不知道還能不能見到她？如果有那麼一天，他想試著和姑獲鳥說話。他想問她，那兩個小女孩，現在過得怎麼樣呢？

4

又過了大約一個月，細雪丸開始感覺冬天正逐漸遠去。

差不多再一個半月，春天就來臨了。春天是孩子們醒來的時節，也是細雪丸要躲進洞窟的時節，同時，千彌也就要離開這裡了。

細雪丸偷偷瞧著千彌。今天他還是一如往常，站在冰塊前面，嘴裡哼著姑獲鳥的歌。

想到明年冬天再也見不到千彌了，細雪丸不禁有些寂寞。然而，這畢竟無可奈何，因爲千彌既不是這座山的居民，也不是冬天的妖怪。

細雪丸忍住心中的惆悵，問千彌道：「千彌，你以前說過，你越過這座山，是想去人類住的地方。你既然是妖怪，爲什麼要跟人類住一起呢？」

「嗯，是爲了彌助。」千彌答道。

千彌說，他大約一年前發現彌助，從那之後兩人就一直住在山裡。他們睡在廢棄的破屋，吃樹果和草根維生，有時候也會給彌助吃用陷阱捕到的鳥獸。不過，他發覺光是那樣還不夠。

「這孩子是人類，應該要給他吃一般人類吃的東西，身體才會健康。還有，山上的破屋雖然春夏季節住得挺舒服，不過一旦天氣變冷，彌助就會凍得發抖，所以我想，必須給他住好一點的地方才行。」千彌又說。

「所以你要帶他去人類的城鎮？」細雪丸問。

「是啊，都是爲了這孩子。爲了他，我一定會努力以人類的身分過活。」千彌毫不猶豫的答道。然而，他這樣果決的態度，卻令細雪丸更加不安了。

那天夜裡，細雪丸扛著一隻因雪崩被悶死的野豬，到山頂附近的一株大杉樹下。那株大杉上頭，住著一隻年老的骸烏。她平常都在人類村落和市街附近的墓地活動，到了冬天就回來這山上，吃凍死的人類屍體維生。

細雪丸來到大杉樹下，對著樹幹上頭喊：「姥姥、骸烏姥姥，妳在嗎？」

接著，只見枝幹上頭忽然落下一大團黑色的東西。

那是一隻大鳥，長得就像個衰老的女人，身上披著光澤黯淡又零零落落的黑色羽毛，鳥喙般的黑色嘴巴裡，露出尖尖的利牙：「嘿嘿，是細雪丸嗎？漂亮的白雪小弟？都怪你多管閒事，害這山上的食物減少好多啊！我可是最喜歡吃凍死的人類小孩眼珠啊！話說回來，你帶了什麼？那隻野豬是要給我的嗎？」骸鳥問。

見骸鳥的眼睛發出貪婪的光芒，細雪丸二話不說就把野豬遞過去。骸鳥立刻飛撲而上，伸爪撕開冰凍的豬肉，迫不及待的埋頭大嚼野豬內臟。

過了一會，骸鳥才抬起頭來，對細雪丸擠出笑容：「嘿嘿，那你有什麼事嗎？可愛的白雪小弟？」

「我想問妳一件事……妖怪可以撫養人類的孩子嗎？他們可以在人類住的城鎮過活嗎？」細雪丸問。

「你……為什麼問這種問題呢？」骸烏頓了一下，反問道。

「現在我住的地方有一個訪客。」細雪丸把千彌的事告訴她。

骸烏聽完後，眨著可怕的眼睛，說：「哦，有那麼怪的傢伙嗎？是叫千彌嗎？我可沒聽過呀！他那麼沒常識，怎麼撫養人類的孩子呢？太荒唐了，不可能啦！還有，錢怎麼辦呢？要在人類的地方過活，可是需要錢哪！」

「錢？那是什麼啊？」細雪丸不明白。

「金呀銀呀，還有不值錢的銅做的小東西。人類最喜歡錢了！無論要什麼，都得用錢去交換。要想在人間過活，首先就得知道賺錢的方法。」骸烏說。

「賺錢……？」細雪丸又不懂了。

「就是說，對方想要什麼，你就給他，或是幫他做。然後，對方會回報你，也就是給你錢。這個就叫做賺錢，人類就是這麼生活的。」骸烏耐著性子解釋。

這下子，細雪丸可著急了！他愈聽愈覺得千彌無法在人類住的地方生活。不過雖然如此，他還是抱著一絲希望，又問：「如果是……眼睛看不見的妖怪，有什麼方法能賺錢嗎？」

「眼睛看不見？這個嘛……也不是完全沒辦法。但如果要我教你，就得再給我一點東西啊！我可是餓了好一陣了！」骸烏說。

「下次我再帶死掉的鹿或熊來，我先向妳保證，請妳現在就告訴我吧！」細雪丸追問。

「唉呀！眞是個性急的白雪小弟啊！拿你沒辦法啦！」骸烏說著，就折下一根野豬的肋骨，一邊啃一邊向細雪丸傳授方法。

之後好幾天，細雪丸都沒回洞窟。千彌大概是擔心，因此當細雪丸一回去，他馬上就迎了出來。

「你這次出門可眞久啊！發生什麼事……咦，你帶了什麼東西回來？」千彌迫不及待的問。

「你雖然眼睛看不見，卻還是什麼都瞞不過你啊！」細雪丸感嘆。

的確，雖然千彌一直都閉著眼睛，但他的動作卻絲毫沒有不自然，也從未被腳下的石頭絆倒。

細雪丸曾問過千彌：「你是不是看得見？」

「不，我看不見。不過，我有感覺。譬如這裡有顆石頭，那裡長著樹。我也會辨別人類和妖怪，只是無法知道顏色或形狀。」千彌說。

「那跟看得見也沒兩樣啊！」細雪丸說。

「嗯，我從沒感到不方便。」千彌點頭。

正是因爲當時這番對話，讓細雪丸覺得這個方法或許可行。於是，他將扛回來的禮物放到地上。

「你……帶了人類回來？」千彌疑惑的問。

「是啊！這是給你的禮物。」細雪丸說。

他帶回來的是個四十歲左右的男人，穿著行旅裝束，身材挺結實，不過臉色潮紅，眼神也很混濁，看來正發著高燒。

細雪丸低頭看著那男人，對千彌說：「他是我從雪堆中挖出來的……要是放著不管，他就會沒命。」

「既然這樣，你趕快把他抬到山腳下啊！你的冰凍法術不是只對小孩有效嗎？」千彌問。

「我不是說了嗎？這是給你的禮物。」細雪丸搖頭。

「我是……不吃人肉的喔！」千彌皺起眉頭。

「不，我不是那個意思。」細雪丸思考著措辭，努力向千彌解釋：「到了春天，你就得帶著孩子離開這裡。可是，你們就算去人類住的地方，應該也沒法好好過活吧！你對人類一點都不了解，根本不可能融入他們的世界。」

千彌無言以對。

「不過，人類會感激幫助自己的人，像是醫生、和尚之類的。」細雪丸說，有一種職業叫做按摩師：「按摩師大多是眼睛看不見的人，他們的工作是推揉人的身體，讓人的血流暢通。你的感官那麼敏銳，應該很快就能學會那種技術吧？如果你能夠以按摩為生，就會讓人感激，也可以賺錢。」

「賺錢……？」千彌果然不懂。

「要在人類住的地方過活，好像就不能不賺錢。無論是什麼樣的人，都得賺錢，然後才能換取食物和衣服……只要你會賺錢，就能撫養那孩子喔！」最後這一句話，似乎強烈打動千彌的心，只見他的臉色變了：「這個……說不定是個好辦法，不過，我該怎麼做呢？」

「首先，你可以救這個男人看看！」細雪丸說著，就扶起那個意識不清的男人，讓他直立在千彌前方。

「你看看他吧！感覺得到他有哪裡奇怪嗎？」細雪丸問。

千彌依然閉著眼睛，轉向那個男人。

過了一會，他才點頭說：「是腳。這個男人全身都很虛弱，不過他右腿的血流受阻，快流不動了，體內精氣正不斷從那裡散出去。」

「那你就按摩那裡看看。先推揉一下，讓血管擴張，再打通他全身的血脈。」細雪丸說。

「明白了。」千彌說著，就伸手抓住男人的大腿。

下一瞬間，「啪啦！」響起一個可怕的聲音。

的說。

「眞沒轍啊！你怎麼這麼笨啊！誰叫你用那麼大的力氣，把他的骨頭都折斷了！我可是從來沒這樣對待人類的呀！」細雪丸氣急敗壞的說。

「有什麼辦法呀？我又沒揉過人類的腳，怎麼知道該用多少力氣？好啦好啦，你不要光是動嘴，趕快動腳吧！不然這個人就要死了！」千彌沒好氣的回嘴。

「你憑什麼對我這種態度啊？這不都要怪你嗎？」細雪丸一邊和千彌鬥嘴，一邊跟著他涉過深雪往前走。千彌背著昏迷不醒的男人，那人本來就發高燒，加上腿又被折斷，現在已經氣若游絲了。

細雪丸領著千彌，帶著男人往鈴白山西側的湖沼前進。

那個湖沼並不太大，水面已經完全結凍，上頭還覆蓋著雪。細雪丸撥開一些雪，再一拳把冰面打碎。

「喂，河童阿公，起來呀！幫我個忙啊！」細雪丸喊道。

過了一會，只見湖面咕嚕咕嚕開始冒泡，接著一個河童鑽出頭來。他全身覆蓋著黏糊糊的綠色鱗片，頭上的圓盤也發黃了，看起來相當年邁。

河童打了個哆嗦，抱怨道：「嗚呼，這麼冷的天

來叫俺，是在欺負老人家嗎？怎、怎麼啦？細雪丸，你有什麼事嗎？」

「快給我藥！馬上拿來！」細雪丸叫道。

「藥？」河童一時沒聽懂。

「快點啦！」細雪丸毫不客氣的催促。

「唉，好啦好啦！幹什麼嘛？莫名其妙！」河童一面抱怨，一面沉入水中。不一會兒，他取來一個小小的瓶子，說：「拿去！可以擦也可以喝，這是河童的獨家祕方喔！不用道謝，趕快回去啦！不要再把俺的冰打破了！」

可是，就在他正要鑽回水下時，卻被細雪丸抓住脖子，像拔蘿蔔似的提上水面。

「你幹什麼呀？哇、哇——好冷啊！」河童凍得唉唉叫。

「再幫我個忙！把這個人類的骨頭接起來，做得到的話，我就讓這個湖結很厚的冰。只要有厚冰遮擋，水面下應該就不會冷了！」細雪丸向河童開條件。

「呼，眞拿你沒辦法，知道啦！那俺就幫你接骨吧！」河童無奈道。

於是，千彌將男人放在渾身打顫的河童面前。

「這可眞是……悽慘哪！」河童看著直搖頭。

「他在發燒，右邊的大腿骨也斷了！」細雪丸說。

「看起來是這樣啊！細雪丸，你把俺的藥……哈啾！俺、俺的藥給這個男人喝。那邊那個好看的小兄弟，你來幫俺一下。」河童指揮道。

「好看的小兄弟……你是在說我嗎？」突然被這麼一叫，千彌似乎有點猶豫。

「不然還有誰啊？你去那邊的杉樹折兩根樹枝來給俺，得比你的大拇指粗一點的才好。」河童說。

「好……」千彌順從的走過去，折了兩根杉樹枝回來，交給河童：「我拿來了。」

「好極了！那就開始接骨吧！」河童說。

「接骨是什麼？」千彌好奇的問。

「就是把斷掉的骨頭重新接起來，讓它恢復原來的樣子。只要固定得好，骨頭自然就會長回原狀。雖然得花不少時間，但這個男人日後還是可以如常走路跑跳的。」河童說完，就俐落的替男人接回腿骨，然後用兩根樹枝夾住他的腿，再牢牢綁緊。

「這樣骨頭就不會歪掉了。喂，細雪丸，你餵他吃藥了嗎？好啦好啦，這樣他很快就會醒了！你們趕快把他抬下山去吧！哈、哈啾！」

河童一邊打噴嚏，一邊急急跳回湖沼。

細雪丸終於鬆一口氣，說：「唉呀，真是個怕冷的阿公啊……那我先把這個男人背到山腳下。你先回去洞窟吧！」

「不，讓我來吧……是我對不起他啊！」千彌說。

「是嗎？那就讓你來背。你跟我不一樣，可以離開這座山，就把他送去附近有人煙的村落吧！」細雪丸說。

於是，他們一起下山。細雪丸站在山腳下，目送千彌繼續往前走。

在等待的期間，細雪丸心中其實很不安。千彌真的會送那個人回去嗎？他會不會嫌麻煩，就把那人丟在路邊呢？

直到看見千彌回來，細雪丸才放下一顆心。

「怎麼樣？」他問。

「我把他交給村裡的人了。我說我發現他倒在山路邊……那個男人應該會沒事的。」千彌說。

「那就好，我們回去吧！」細雪丸說。

歸途中，他們都沒有交談。不過，快到洞窟的時候，細雪丸忍不住說出心裡的顧慮：「雖然我不太想這麼說……但你如果不小心點，以後很可能會弄斷那孩子的骨頭喔！」

「我也開始擔心了。」千彌點點頭，臉上難得露出黯淡的表情：

「我好像得學習更多關於人類的事啊！細雪丸，你以後如果……發現遇難的人，可以再把他們背回來嗎？」

「你想把他們的骨頭都折斷嗎？」細雪丸調侃他。

「我下次會更小心的！請你相信我，我不會再傷害任何人了……我會把其他人類當成是那孩子，如此一來，我就會盡心治療他們。」千彌認真的說。

「我知道了。那麼，以後如果再發現遇難的人，我就把他背來這裡。不過，為了保險起見，我還是在洞窟裡多放一些河童的藥吧！」細雪丸說。

「嗯，這樣比較好。」千彌點頭。

「不過這樣的話，我們可能又得去向河童阿公求救了！他一定會抱怨連天啊！」細雪丸說著，腦中浮現年老河童苦著臉大叫「好冷、好冷啊！」的情景，不禁噗哧一笑。

令他驚訝的是，千彌也笑了：「我們眞是討人厭的傢伙呀！」

「沒關係啦，反正就只有這個冬天。」話才說完，細雪丸心中忽然一驚。

是啊，跟千彌相伴的日子，就只有這個冬天。自己可以幫得上忙的時候，也只有在這個冬天。只是，冬天已經過去一半了。

在分別的日子來臨以前，一定要爲千彌盡一己之力。細雪丸在心中暗暗決定。

5

那年冬天，細雪丸十分忙碌。他不分晝夜的在山間巡邏，只要發現倒臥在地的人，便將他們背回洞窟。如果是孩子，就冰凍起來；如果是大人，就交給千彌。

千彌改進的速度似乎比細雪丸預期的還要快，他再也沒有折斷過任何人的骨頭，而是細心推揉那些人的身體，拼命想為他們恢復一點微弱的精氣，態度非常積極。正因如此，千彌的按摩練習進行得十分順利，在他手下，救活了一個又一個人。

這樣下去，應該沒問題了！細雪丸日復一日的仔細觀察千彌，直到某天早上，他對千彌說：「你來幫我一下，把這些孩子送下山去。」

「春天已經來了嗎……？」千彌問。

「嗯，冬天就快結束了。我得把這些孩子從冰塊裡放出來，讓他們回家。」細雪丸說。

在這個冬天裡，他一共救了五個小孩。

細雪丸把孩子們從冰塊裡放了出來，但是他們並沒有馬上醒轉。要讓長期冰凍的血液恢復流動，還需要半天以上的時間。

將孩子們抱上竹子做的雪橇後，細雪丸便和千彌一起運送他們下山。

到了山腳下常有人經過的地方，他倆就把沉睡的孩子們安放妥當。細雪丸望向天空，只見晴朗的藍天中豔陽高照，雖然風還挺冷，耀眼的陽光卻令他皮膚刺痛起來。

細雪丸一邊用雪搓著身體，一邊對千彌說：「讓他們睡在這裡，差不多天黑前就能醒來……你的孩子今天應該也會醒了吧！」

「那……我就告辭了！」千彌說。

「嗯，多保重了！」細雪丸說。

於是，千彌抱起還在熟睡的孩子，一步步往前走。細雪丸目送他們逐漸遠去的身影，只覺得寂寞，還有一點點心傷。而一旦想到只有自己會覺得寂寞，心情不免更加惆悵起來。

不過，到下一個冬天來臨的時候，這樣的寂寞應該會稍稍減輕吧！

細雪丸在心裡安慰自己，腳跟一轉就要往回走。

忽然，千彌轉過身來，大喊：「細雪丸！」

「哦、哦！什麼事？」細雪丸嚇一跳。

「我一直在想……該怎麼感謝你的照顧。我既沒有土地，也沒有法力，所以就作了一首歌。這首爲你作的歌，希望你能收下。」千彌說完，就用他清澈嘹亮的嗓音，清唱起來。

細雪丸想起往事，忍不住輕輕一笑。

當時眞是太驚訝了，想不到千彌竟然會爲自己作一首歌。不過，他很高興。那種歡喜的心情，直到現在還令他內心悸動。

「那傢伙……現在在做什麼呢？」細雪丸想著。希望有一天，他又回來這裡，那麼，一定要招待他吃最高級的雪和冰。對了，前些日子遇到的兔子妖怪，她很欣賞這首歌的事，也要告訴千彌才行。

那兔子妖怪希望學這首歌，細雪丸卻教她另一首姑獲鳥的歌。因爲，他不想把千彌爲自己作的歌傳給任何人。

他希望將這首歌據爲己有，這麼一點私心，應該可以被原諒吧！

細雪丸一邊想，一邊吃完雪，又躺回岩石臥床上。

現在是夏天，對細雪丸而言，正是昏昏欲睡的季節。在逐漸遁入夢鄉之前，他再次輕輕哼起那首歌。

飄飄飄　白雪落下來
守著白山的是　比雪更白的細雪丸

咻咻咻　吹雪在呼喚
那裡有孩子被凍僵
這裡有孩子被雪埋
跑啊　跑啊　細雪丸
救了孩子　等待春天
飄飄飄　白雪落下來
雖然積雪到春天　誰也不受凍
只要有　細雪丸
只要有　細雪丸

姑獲鳥之夜

姑獲鳥不知道自己是何時誕生的，當她有知覺的時候，就已經在空中飛翔，尋找哭泣或受傷的孩子。雖然沒有受到任何教導，她卻很清楚那是自己的使命。

姑獲鳥知道，她的聲音是爲孩子們唱歌用的。她也知道，自己身上柔軟的羽毛和巨大的翅膀，是爲了環抱孩子，讓他們取暖而生。無論什麼樣的孩子都令人疼，什麼樣的孩子都教人愛。

每天夜裡，姑獲鳥都會四處飛翔，只要看見寂寞的孩子，便降臨在他們身邊。如果孩子還活著，就用羽毛溫暖他；如果孩子不幸已死，就爲他唱安魂曲。

這樣一個姑獲鳥，不知從何時開始，變成妖怪們談論的話題。

最先找上門的是一個妖狼母親，她問姑獲鳥：「那個……請問，我可以把孩子們託給妳照顧幾天嗎？」

「啊？」姑獲鳥吃了一驚。

「接下來這幾天，我必須去參加山神的聚會。可是那裡挺危險，有些壞傢伙可能會覬覦我的孩子。」妖狼母親說。

「所以，妳要把孩子託給我？」姑獲鳥問。

「嗯，別的妖怪都不可信賴，但是我想，託給妳應該沒問題。」妖狼母親又說。

這個母親希望守護孩子的心情，很快就引起姑獲鳥的共鳴。

「我接受妳的請託。我一定會好好守護孩子們。」姑獲鳥答道。

這就是她的第一件托顧差事。

妖狼的孩子們都很可愛，身體圓滾滾，眼睛和小嘴都還稚嫩，對姑獲鳥撒嬌的時候，就會發出啾啾的叫聲。

姑獲鳥身心都充盈著愛，而有了愛的加持，她就變成所向無敵的妖怪。就連想吃小妖狼的巨蛇溜進巢穴，姑獲鳥也能毫不留情的打敗牠。不過，如果換作她獨處的時候，她不是怕得發抖，就是只能逃之夭夭。

就這樣，姑獲鳥的事蹟立刻在妖怪界傳開，妖怪們接二連三來託姑獲鳥照顧孩子。無論是什麼妖怪的孩子，姑獲鳥都來者不拒，盡心盡力守護他們。不知何時開始，大家都叫她「托顧所的姑獲鳥」。

不過，偶爾也有沒妖怪上門的夜晚。每當這時候，姑獲鳥就會翩飛上天空，到處尋找需要守護的孩子。

某個冬夜，姑獲鳥在山上盤旋，忽然聽到小孩的哭聲。她立刻朝聲音的方向飛過去，只見一處冰凍的斜坡上，有兩個年幼的女孩。她們大概是姊妹，身子挨在一塊，小手緊緊牽著，正嗚嗚的哭泣。

姑獲鳥盡量不驚動小姊妹，靜靜的降落在她們跟前。

「怎麼啦？妳們迷路了嗎？這裡好冷啊！到我這兒來吧，我會讓妳們想起自己的家，再把妳們送回去。來，快過來吧！」姑獲鳥溫柔的說。

那兩個小女孩終於抬起頭來，一見到姑獲鳥，她們原本哭得慘白的小臉忽然一亮。

「阿娘？」「阿娘！您來接我們了？」小姊妹歡呼道。

姑獲鳥知道，她的臉就是全天下「母親」的臉。不過，她雖然心底哀憐，卻無法點頭說是，只能說：「對不住，我不是妳們的母親。

不過，我可以實現妳們的願望。至少，妳們不必再恐懼了！」

「我想……回去阿娘的地方！」「這裡好冷，我不想待在這裡了……妳可以帶我們回家嗎？」小姊妹哀求道。

「好，我保證。」姑獲鳥張開翅膀，迎接小姊妹。

只見兩個小女孩顫巍巍的伸出手，投向姑獲鳥的懷抱。她們將小臉埋進她胸前的羽毛，看起來非常幸福。姑獲鳥抱著兩個孩子，輕輕唱起了歌。她充滿感情的歌聲，逐漸溫暖孩子們冰冷的心靈。

唱著唱著，孩子們的身影愈來愈稀薄，彷彿溶解了一般。最後，化成兩片美麗的白色羽毛，融入姑獲鳥的身體。就這樣，她們再也不會感到寒冷，再也不會覺得寂寞了。

在這兩個靈魂的傷口癒合之前，就一直陪著她們吧！姑獲鳥心想。她會一直爲她們唱催眠曲，直到她們的內心歸於平靜，願意重新投胎轉世爲止。

姑獲鳥下定決心，便張開翅膀，飛離冬天的山頭。

在那之後，姑獲鳥又拾獲無數的靈魂，溫暖了他們，也撫慰了他們。不過，那兩個在冬天的山上收留的小姊妹，卻一直沒離開她。

當初，姑獲鳥下山以後，立刻去尋訪小姊妹的家。可是，她們死在山上多年，父母早已不在人世，姊妹倆從前住的房子，現在也住著別的家庭。

怎麼辦？爲什麼回不去了？兩個小女孩無法明白。姑獲鳥花了很大的力氣給她們安慰和解釋，她告訴小姊妹，她們已經沒有家了，必須去找新的家和家人。

又過了漫長的時日，小姊妹才終於接受姑獲鳥的話。在這期間，她們還是緊緊的依偎著姑獲鳥。

乾脆就這樣下去，把她們收留做自己的孩子吧！姑獲鳥不知想了多少次。

然而，那是不被允許的。姑獲鳥天生就是所有孩子的「母親」，她不能當特定孩子的娘。因此，她只好壓抑想收養小姊妹的心情，繼續照顧她們。

某個夜晚，姑獲鳥一如往常的四處飛翔。那晚她沒有去山野，而是在人類居住的村落上空盤旋。

忽然，一陣輕快的笑聲，隨著沁涼的秋風傳來。

姑獲鳥不禁低頭往下看，只見夜晚的河川上，有一艘屋形船[5]緩緩滑過平靜無波的水面。船上坐著一對年輕男女，他們親密的互相依偎，指著倒映在水面的滿月，輕聲談笑。

姑獲鳥有點吃驚，因爲那個男子是人類，那個女子卻是妖怪。雖然她的外表是美麗的人形，穿著也跟人類一樣，但確實是個妖怪。

那個男子知道女子的眞實身分嗎？姑獲鳥正訝異間，只見那男子伸出手，溫柔的撥開女子前額的髮絲，那女子微微笑著，神情幸福洋溢。

刹那間，姑獲鳥明白了。這對男女情投意合，無論對方是人或是妖怪，他們都不在乎。

看見這般溫暖的情景，姑獲鳥心底很滿足，正想飛上高空的時候，忽然感到胸口一陣騷動，原來是那對小姊妹。

「等一下！」「我想再看一下！」「再靠近一點，我想再看看那兩個人！」小姊妹興奮的叫著。

姑獲鳥順著她們的意思，無聲無息的降落下來。屋形船上的小倆口絲毫未覺，依舊愉快的交談著，欣賞水中倒映的月亮。他們相親相愛的模樣，令小姊妹更加心動。

「她好美啊！就像個公主。」「男的也很溫柔啊！真好。」「嗯，看起來真好啊！」姊妹倆小聲對話。

姑獲鳥眼見機不可失，便柔聲說：「你們要不要去他們那裡啊？想不想當他們的孩子呢？」

姊妹倆聽了，似乎大吃一驚，瞬間安靜下來。但很快的，她們又嘰嘰喳喳的開口了：「我想！我想當他們的孩子！」「是啊！我也想！」「可是……我不想跟姊姊分開呀！」「我也是，我想跟妹妹生在一起。」

姑獲鳥微笑著說：「我不會把妳們拆開的，妳們不是一直都在一起嗎？」說完，她拔下身上的兩根羽毛，對著屋形船上的女子吹去。那兩根羽毛發出喜悅的笑聲，轉眼就被吸進那女子的肚腹中。

再見了！妳們要健健康康的出生。希望這回妳們能順利長大，也都能得到幸福。再見了！

姑獲鳥在心中向她們道別，接著展翅飛向夜空。

「咦？」初音忽然抬起頭。久藏困惑的問：「初音，妳怎麼了？」

「剛剛好像……聽到小孩子的笑聲啊？」初音說。

「笑聲？」久藏歪頭不解。現在是夜晚，又是在河上，不可能有父母讓小孩深夜在河邊玩耍。

久藏心想是初音聽錯了，可是他沒說什麼，只是笑著對初音說：

「我不知道，我只看得見妳一個人呀！」

「呵呵，你對我這麼著迷嗎？」初音嬌嗔道。

「無論看多久都不厭啊！」久藏說。

初音瞄一眼故意說肉麻話的丈夫，然後微笑著仰望夜空，說：「今晚的月亮眞美啊！而且，我不知道坐屋形船是這麼有情調……你下回可要再帶我來喔！」

「當然好啊！只要能讓可愛的老婆高興，不管什麼時候都可以再來喔！」久藏笑著點頭。

初音開心的笑了笑，又仰頭望著月亮，說：「明年一定……可以跟孩子們一起來吧！」

「孩子？說這個會不會太早了？」久藏嚇一跳。

「不……我剛剛有種感覺，明年一定不只我們兩個。我感覺到了喲！」初音肯定的說。

「呵呵，那麼我們加油吧！」久藏笑道。

「唉呀！你就不能認真聽我說嗎？」初音白他一眼。

「哈哈，初音生起氣來也很可愛喔！」久藏還是不正經。

載著這一對打情罵俏小倆口的屋形船，緩緩滑行過河面。月亮浮在夜空，也倒映在河裡。

天上的月和水中的月，可真像雙胞胎呀，夜風輕輕呢喃。

---

5 屋形船：日本自古就有的遊樂船，船上有屋頂和席位，多用來開宴會。江戶時代特別流行，貴族和富商經常包船賞花、賞月或看煙火。

絲瓜臉店主遭殃

1

「那張臉啊，又長又彎，可是跟絲瓜一模一樣呵！」嘴巴不留情的江戶人，經常用這句話形容道具出租店古今堂的少老闆，也就是宗太郎。

的確，宗太郎有一張長長的馬臉，鼻子和下顎也很長，就像瓜棚下搖搖晃晃垂掛的大絲瓜。不過，他的個性穩重，和滑稽的外表正好相反，因為他經手的是麻煩很多的出租道具生意。

每天都有不少人爲了生計，不得不將他們珍愛的東西賣給宗太郎。另一方面，來店裡租借東西的顧客，也都有著各種各樣的緣由。悲傷、虛榮、悔恨、憤怒……匯聚種種感情糾葛的東西，就是古物。

所以，宗太郎經常努力讓自己的心情保持平靜，就算被喚作「絲瓜店主」或「絲瓜少東」，他也不介意，只是嘻嘻笑著帶過。

但是，在那個夏日，當宗太郎的父親宗右衛門喊他：「你到二樓來一下！」時，他卻有不祥的預感。

「只要被老爹叫去，八成沒好事啦！」宗太郎一邊嘆氣，一邊走進店鋪二樓的房間。

宗太郎的父親宗右衛門，跟兒子彎長的絲瓜臉相反，長著一張像南瓜般又大又粗糙的方臉，據說有人背後叫他是「南瓜老爹」。

只見南瓜老爹面前擱著一個赭紅色的小布包，宗太郎才剛坐下，宗右衛門就打開布包，說：「你看看這個！」

出現在眼前的，是一把篦櫛[6]。它是用象牙做成的，外觀完美無瑕，雕

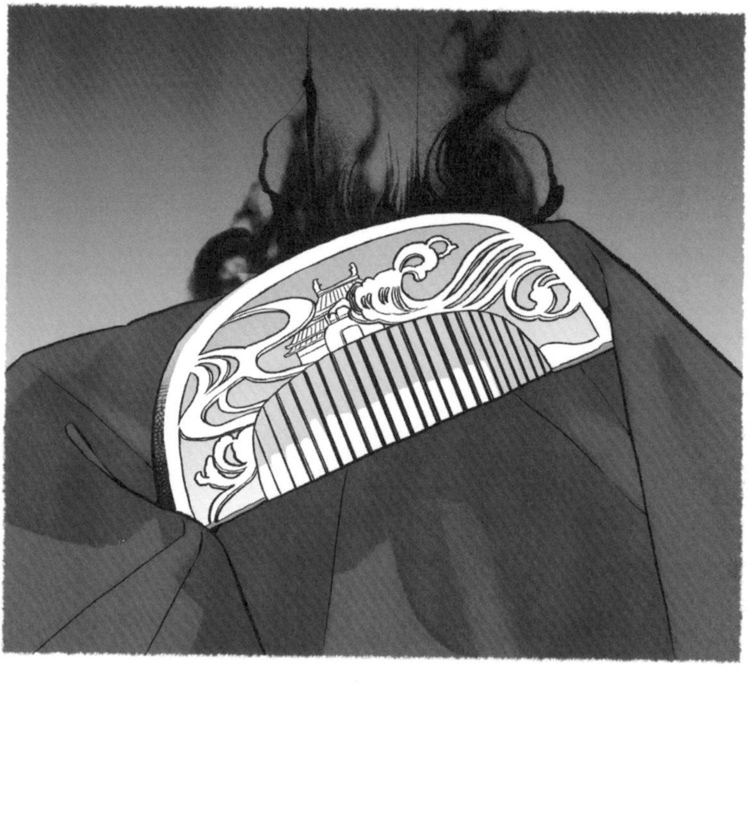

工尤其精美，其中一面刻著波浪花紋，如果仔細看，會發現波濤間還藏著一座龍宮。

然而……。

這個不行！宗太郎心想。他的直覺是很準的，至今沒有出錯過。

「阿爹……這把篦櫛是您買的嗎？」宗太郎問。

「是人家送的……老實說，是被強迫接收的。」宗右衛門答道。

宗太郎一聽，心情更沉重了。他再仔細端詳那把篦櫛，只覺得這麼精緻華美的工藝品，竟然會流入道具出租店，想來想去，可能的理由只有一個。

這一定是個不祥之物，顯然是給人招過厄運的東西。

「是誰把它硬塞給您的呢？」宗太郎問父親。

「你知道紅葉池旁邊有個叫『嘉風』的料亭7吧？是那裡的主人推給我的。他的女兒遭遇不幸，所以想把這個篦櫛脫手……你覺得如何？」宗右衛門說。

「聽起來……有點奇怪啊！那我先稍微調查一下。在我說可以之前，請不要將這把篦櫛擺進店裡。」

「知道了！你暫時不用看店，就好好去查吧！」

於是，父子倆很快的商量完畢。

當天，宗太郎就去了料亭嘉風所在的紅葉池。紅葉池如同其名，四周被紅葉林圍繞，池畔遍布茶館和小料理店，供遊客飽覽景色。在眾多店家當中，看起來最氣派的就是料亭嘉風。

可是，那天嘉風卻沒有營業，大門深鎖，連遮雨窗也緊閉著。

宗太郎便走進附近的茶館，叫了一壺茶和糯米糰子。當老闆娘端糰子上桌時，他裝出不經意的口吻問道：「對了，那邊的店家是怎麼啦？這麼好的天氣，卻連遮雨窗都關上了！」

「哦，您是說嘉風嗎？那裡因爲……就在最近，遇到不幸的事啊！」老闆娘說。

「咦？是發生什麼事呢？」宗太郎問。

「那裡的老闆有個叫希美的獨生女，長得很漂亮。前陣子聽說希美就要招夫婿，對方也是很有名的料亭的二少爺，外表就像演員般俊俏，希美對他中意得不得了，他們……他們看起來眞是幸福無比呀！所以……」誰都想不到竟然會發生那樣的不幸，老闆娘低聲說。

「那樣的不幸……妳是說那位小姐嗎？」宗太郎問。

「就是啊！希美竟然死了！而且不是生病或受傷，聽說是她自己跳進紅葉池的！」老闆娘的語氣激動起來。

「妳是說投水自盡嗎？那眞怪了！她既然那麼幸福，怎麼會去尋死呢？」宗太郎訝異道。

「我想，跟她訂親的那個美男子脫不了關係！」老闆娘氣憤得橫眉豎目。

「未婚夫？爲什麼呢？」宗太郎又問。

「當時希美被人從水裡打撈上來，手裡緊緊握著一把象牙做的篦櫛。那梳子是她的未婚夫送的，希美生前也給我看過，其中一面雕刻著波浪花紋，是個很美的東西。她會帶著那東西去尋死，客人您該知道是爲什麼吧？」老闆娘悄聲說。

「是那個未婚夫……做了對不起希美的事……對嗎？」宗太郎謹愼的問。

「嘉風的老闆一家好像也這麼覺得啊！雖然他們表面上都說想不透，哼，我是不信啦！唉，希美眞是太可憐了！」老闆娘似乎還意猶未盡，可是宗太郎覺得已經聽夠了。他付了比平常多的茶錢，就走出茶館。

那個死去的希美小姐手裡握的梳子，一定就是店裡那把象牙篦櫛。原來如此，難怪嘉風的老闆會拼命想把它脫手。

這樣前因後果就串起來了。如果是往常的宗太郎，一定會馬上回家向父親報告。但是，這回他卻不這麼想，因爲有什麼東西梗在他心裡。

「他們看起來真是幸福無比呀！」茶館老闆娘的話，在宗太郎腦中嗡嗡作響。

「我就……再多查查吧！」宗太郎輕撫著長長的下顎，自言自語道。

6 篦櫛（ㄅㄧˋ ㄐㄧㄝˊ）：形狀扁平的密齒梳，除了梳理頭髮之外，日本傳統女性也插在頭上作為髮飾。

7 料亭：日本傳統的高級料理餐廳，通常附有庭園和包廂，也會請藝妓來助興。

2

宗太郎覺得筋疲力盡。

「這下……可真沒轍了！」他嘆氣道。

就在這幾天，宗太郎查知曾經擁有那把篦櫛的三個主人，全部都死了！

第一個是旗本8武士的媳婦，第二個是米店大商家的大老闆娘，第三個就是料亭嘉風的女兒希美。

她們三人不但都是自殺，而且都是投水而死。光是這樣已經很恐怖，但這些女人的共同點不只如此。

「她竟然會尋死，簡直無法相信。」每個認識篦櫛主人的人，無不異口同聲這麼說。

她們都是備受家族呵護，過慣優裕生活的幸福女人。究竟，她們為什麼會死？再者，她們自盡的時候，身上必定帶著那把篦櫛，如論怎麼想都很奇怪。

「看來……是查不下去了！」宗太郎帶著查到的結果，返回家裡。

見到數日不見的兒子，宗右衛門忍不住失笑道：「唉呀！好難看的臉。長了這麼多鬍渣子，就像顆生了黑黴菌的青胡瓜呀！說吧，你查到什麼了？」

宗太郎直直盯著父親，說：「那把篦櫛就拿去寺廟燒了吧！那樣的東西是不能擺上店頭的。」

「我明白了……」宗右衛門頓了一下，才點頭道。他既不問兒子爲什麼，也沒嘆息說捨不得。他知道兒子這麼說，一定有充分的理由。

宗右衛門從櫥櫃裡取出篦櫛，放在宗太郎面前，說：「我今天得去參加一個聚會。對不住，你可以幫我跑一趟寺廟嗎？」

「可以啊！」宗太郎立刻點頭。

「還有，你從寺廟回來以後，馬上就去洗澡！你身上挺臭呀！」

宗右衛門叮囑。

「那……我回來的時候會先去一趟公共澡堂。」宗太郎說完，把篦櫛收進懷裡，就出門了。

雖然太陽就快落山，但是暑氣還很逼人，不一會就全身汗水淋漓。宗太郎一心想趕快把這事辦完，好去澡堂，便加快腳步往附近的西光寺走去。

西光寺是個小寺廟，普通進香客幾乎不會去，上門的全是請住持念經作法幫他們消災除厄，或是焚燒特別紀念品以歸還靈界的客人。沒錯，這裡就是那種與眾不同的寺廟。

西光寺的住持法名玄樂，是個體格魁梧的豪放和尚[9]。他對錢是斤斤計較，對酒是來者不拒，對花街柳巷更是熟門熟路。雖然是個不正經的和尚，但他替人去邪的功夫確實不錯，所以上門請託的信眾也不少。

見宗太郎上門，玄樂張開雙手迎接道：「哦，絲瓜少東，好久不見了！今天有什麼貴事？」

「想請你幫我焚燒一個東西。」宗太郎將那把篦櫛拿出來，玄樂看了，立刻點頭說：「原來如此，的確是不祥之物。這種東西得快快燒掉才是啊！」

玄樂爲數不多的優點之一，就是他絕不會把受託的東西據爲己有，或偷偷轉賣給他人。所以，即使被玄樂要求稍多的報酬，客人也會放心的委託他。

收下宗太郎的錢後，玄樂便笑嘻嘻的允諾：「那麼就包在我身上，這幾天會幫你解決。」

「不能今天就燒嗎？」宗太郎問。

「今天不行哪！那個……我有客人要來啊！」玄樂吞吞吐吐的說。

宗太郎立刻會意，即將來訪的是個女客。

「真拿你沒辦法！這裡不是神聖的寺廟嗎？」他無奈的問。

「喂喂，你可不要誤會。雖說有來客，可不是少老闆想的那種人呀！我今晚可是有正經事要辦的。」玄樂板起臉說。

「今晚？你是說，其他晚上可能就不是正經事啊？」宗太郎調侃道。

「隨便啦！」玄樂似乎一點都不覺羞恥，搔搔鼻子下方，說：「不要對我說那種義正詞嚴的話嘛！總之，我收下這東西了。你就放心，快快請回吧！」

宗太郎被半趕著出了寺廟，不禁深深呼一口氣。他這幾天忙著到處探聽，現在終於告一段落，忽然覺得非常疲倦。

「那就上澡堂吧！」宗太郎想。

要從這裡抄近路去最近的澡堂，便得穿過西光寺背後廣大的墓地。見天色還算早，宗太郎便毫不猶豫的踏了進去。

因為玄樂幾乎不整理，西光寺的墓地顯得一片荒蕪。在墓地中央，有一個又黑又深的池塘，周圍矗立著粗壯的柳樹，長長的垂柳彷彿深懷怨念般隨風擺盪。

即使是在大中午，這裡也像個幽靈會出沒的地方，宗太郎不禁愈走愈快。然而，當他經過柳樹下的時候，卻忽的停住腳步。

只見就在前面不遠處，有一個年輕男人正對著墓碑合掌默禱。宗太郎一見到那側臉，忍不住叫道：「是久藏兄嗎？」

8 旗本：一種武士階級統稱。日本古代武士的俸祿以「石高」來算，亦即每個家族一年能領多少石米。在江戶時期，「旗本」指年領一萬石米以下，但有資格直接面見幕府將軍的武士。

9 在江戶時代，僅淨土眞宗的僧侶可以娶妻生子、飲酒食葷，稱爲「肉食妻帶」。明治時期政府頒布「肉食妻帶」解禁令，從此日本佛教不限宗派皆有此現象，且家族寺院也可由父子繼承。

3

合掌的男人聞聲抬起頭來，看見是宗太郎，不禁瞪大眼睛：「你不是……古今堂的少老闆嗎？怎、怎麼會來這種地方呢？」

「這句話應該是由我來問才對呀，久藏兄！」宗太郎說。

久藏是這一帶大房東的兒子，家裡擁有許多長屋。他以不務正業聞名，經常到處玩樂又惹事生非，光會給父母添麻煩。不過，自從去年娶親之後，他彷彿變了一個人，最近聽說不但開始幫忙家業，晚上也不再出去遊蕩，每天一辦完事就飛奔回家看妻子。

可是，爲什麼久藏會來這樣的墓地呢？宗太郎想不通。

另一邊，久藏也狐疑的盯著宗太郎問：「才一陣子不見，怎麼你曬得這麼黑呀？我差一點都認不出是誰了！」

「咦？那個……我這幾天都在外頭走動啦！」宗太郎敷衍道。

「這麼熱還出去走動，可眞辛苦呢！不愧是勤勞的古今堂繼承人哪！」久藏笑道。

「倒是久藏兄，聽說你最近變得挺勤快啊？對了，你的孩子不是快出生了嗎？恭喜恭喜！」宗太郎說。

「謝謝啦！」久藏笑得很開心，宗太郎也對他微笑起來。接著，他瞥見久藏面前的那座墳墓。

那座墓的墓碑還很新，上頭沒刻碑文，不過，墳前放著可愛的繡球和鮮花，大概是久藏供奉的。這麼說來……。

「這是誰的墓啊？」宗太郎忍不住問。

久藏忽的收起笑容，說：「你可眞是……外表看起來挺忠厚，說話倒是犀利得很啊！」

「抱歉，我只是覺得久藏兄會來掃墓，好像有點不可思議啊！」宗太郎搔搔頭說。

久藏沒有答腔。

「一定是對你很重要的人吧？」宗太郎追問。

只見久藏重重呼了口氣，說：「夏天正適合聽一些奇異的故事吧？如果少老闆有時間，倒是想請你聽聽我的經歷。」

「洗耳恭聽！你別看我這樣，我可是見慣聽慣了各種奇異的事物，要嚇倒我可不容易呢！」宗太郎拍拍胸脯說。

「但是，你可能會以為我腦筋有問題啊！」久藏還是有些遲疑。

「哦，我很久以前就這麼覺得了！這點你倒不用擔心。」宗太郎譏笑道。

「你這傢伙……嘴巴真毒啊！」久藏似乎被他逗樂了，忍不住笑起來。

於是，他們倆坐在旁邊的大石頭上，一邊拍打嗡嗡糾纏的蚊子，一邊聽久藏娓娓道來：「那是去年的事。我作了一個……很長的夢。那個夢太清楚了，簡直就像真的一般。在那個夢裡，我養育了一個女兒。」

「是……你的女兒嗎？」宗太郎問。

「是，是我的女兒。我給她取名琴音，每天都疼愛得不得了。她眞是個非常可愛的孩子，笑起來就像一朵花。」久藏眼前彷彿出現了當時夢中的情景，只聽他繼續說：「夢裡的時光……忽忽就過了，我的女兒也愈長愈美麗。我眞的很擔心呢，怕她被壞男人纏上，每天都在她身邊守著。可是……琴音竟然死了！我終究沒法守住心愛的女兒……」

久藏的聲音蘊含深沉的悲痛，令宗太郎胸口不禁一緊。他急忙安慰道：「那只是個夢，不是嗎？」

「嗯，千眞萬確是個夢。可是，我在夢裡有個叫琴音的女兒，也眞的失去了她。我怎麼樣都不能接受這件事……」所以，久藏決定爲琴音造一個墓：「當然，這個墓底下沒有遺骨，只有拱墓石。可是我……無法說服自己不祭拜她，所以悄悄拜託了這裡的住持。那個和尚只要受人請託，總會想辦法辦到的。」

「你本來就認識玄樂吧？」宗太郎問。

「他是我的老朋友，我們在各種風月場所碰過面，久了也就熟了。我向他借過錢，也同他結夥跟別的小混混吵過架。總之，那和尚幫了我大忙，什麼都不問就爲我準備墳墓，甚至爲琴音念經送葬。好啦！我的故事說完了。怎麼樣？你一定覺得我很怪吧？」久藏自嘲似的笑起來，宗太郎卻認眞的看著他。

夢境裡疼愛的孩子。夢境裡失去的孩子。爲那個虛幻的孩子送葬造墳，的確是一件奇妙的事。

但是，宗太郎沒有嘲笑久藏的意思，而是誠懇回答：「這故事的確很奇妙，不過，我還是認為你應該供奉她。我一直覺得，喪禮或供奉的儀式，其實是爲逝者留在陽間的家人做的。」

久藏面露驚訝，似乎沒料到他會這麼回答。宗太郎繼續說：「說起來，我也有個奇妙的故事。就當作回報，你可願意聽我說一說嗎？」

「好啊……」久藏愣了一下才點頭。

「我今天來這裡，是要拜託住持幫我燒一個東西。」宗太郎將那把篦櫛的來歷，以及它過往三個主人的死因，都毫不保留的告訴久藏。

久藏聽完，臉色有點發白：「殺女人的篦櫛……太可怕了！」

「嗯，我家做的生意，有時難免會碰到這種東西。不管是被下了咒或是帶著邪氣，如果確定有問題，就絕對不能賣也不能借出去。」

宗太郎嚴肅的說。

「可是，既然是那麼可怕的東西，玄樂那和尚有辦法駕馭它嗎？」久藏好像有點擔心。

「這點倒是沒問題。那和尚對付這種東西，氣場是很強的。」宗太郎肯定的說。

「哦，那麼不正經的傢伙也行啊？」久藏一邊搖頭，一邊站起來。他的表情已經比先前開朗多了：「總之，能跟你說出這段心事眞好啊……你剛剛的話對我很受用。」

「咦？」宗太郎不明白他指的是什麼。

「你說喪禮和供奉那些儀式，是爲了被留下的遺族做的。我聽到那句話，心情一下子就輕鬆了！謝謝你啦！」久藏道謝。

宗太郎微微一笑：「久藏兄是個好父親啊！」

他並沒有說「你會變成一個好父親」。

久藏似乎馬上領會，宗太郎話裡有安慰的意思。因此他也笑了起來：「可惜我沒有早點跟你相熟啊……對了，下回一起喝兩杯怎麼樣？不過，得等到我老婆生產以後了。我最近正在戒酒，許願讓我老婆跟肚裡的孩子都平安無事。」

「哦，你可眞了不得啊！」宗太郎誇讚道。

「身爲男人，能做的也只有這些啦！我們差不多該走了，繼續留在這兒，可會讓蚊子把身上的血吸得一滴不剩啊！」久藏催促道。

「就是說啊！」宗太郎點點頭，正要站起身。就在這時，只聽一陣窸窸窣窣的聲音，原來是個年輕的姑娘，正踏過草地往這邊跑來。

4

那姑娘大約十五、六歲，穿著高級的振袖和服10，看起來像是大商家的小姐。只見她的眼神空洞渙散，由於快步奔跑，一身和服已經凌亂不整，白色的足袋11沾滿草漿和泥土，髮髻也散開了。

忽然，宗太郎差點無法呼吸，因爲他看見遠遠跑來的姑娘，手中正抓著那把象牙做的篦櫛。

「怎麼可能？」宗太郎吼聲未落，那姑娘已經縱身一躍，跳進了池塘。水花四處噴濺，連宗太郎和久藏都未能倖免。

宗太郎想都沒想，就一頭躍進池塘。他拼命划水，終於抓到那姑娘的長袖子，可是她的身體實在太重，根本無法拖上岸。

仔細想想，我其實很沒力氣啊！而且我根本不會游泳啊！不妙的念頭才剛閃過宗太郎腦海，他的嘴裡隨即灌進大口大口的水。宗太郎不由自主的猛烈掙扎，卻被那姑娘的袖子和腰帶纏住腳，全身更加動彈不得。

另一邊，那姑娘大概已經昏厥，身體絲毫不動，像顆石頭般直往下沉。宗太郎被那姑娘的重量拖著，很快也完全沉入水中。他一急之下，猛吸一口氣，誰知大量水流灌進鼻子，只覺一股刺痛直衝頭頂。

我不想死！不想死啊！宗太郎的腦子裡轟轟響著這句話。

就在這時候，「撲通！」一聲，久藏已經躍入池中。他只穿著一條束腰褲，像河童般快速往宗太郎他們的方向游過去。

他來救我了！我有救了！宗太郎死命要去抓久藏，卻猛然被擊中下顎，一時之間全身發麻，手腳不聽使喚。

久藏抓住動彈不得的宗太郎，提著他的衣領浮上水面，隨著一陣激烈的水聲，宗太郎終於冒出頭來。

他拼命大口吸氣，手裡卻被久藏塞進一個東西。

「抓緊這個！」久藏大叫一聲，就放開他，又往水裡潛下去了。

久藏不見了！我要沉下去了！我要溺死了！宗太郎在心中絕望的呼喊。

然而，他的身體被久藏給他的東西撐住了。宗太郎眼中混著淚水和池水，矇朧間只見那是一根如幼兒般大的木頭，應該是墓地中傾倒的樹木殘枝。他牢牢抓住那根木頭，終究沒有沉下去。

這是我的救命神木啊！宗太郎才剛想通，只見久藏忽的又浮出水面，這回他手中抱著那姑娘。姑娘的雙眼緊閉，慘白的臉上全無生氣。

「還、還活著嗎？」宗太郎問。

「不知道！不過應該吞了好多水！得快、快點讓她吐出來！」久藏上氣不接下氣，盯著宗太郎說：「聽懂嗎？我得把這姑娘拖上岸，你先在這裡等等。我就是再怎麼會游泳，也不能一次拖兩個人啊！」

宗太郎答不出話來。

「不要那樣看我呀！沒問題啦！你只要抓緊這塊木頭，絕對不會溺死的。那我快去快回啊！」久藏說著，便讓那姑娘臉孔朝上，伸手從她背後托起脖子，就要往岸邊游去。
忽然，他的動作停住了。
「這、這是怎麼回事？」久藏目瞪口呆。
「咦？」宗太郎也瞪大眼睛。
原來，不知什麼時候，他們四周竟然已經變成一片汪洋。墓地和柳樹都不見了，眼前只有陰暗沉鬱、廣闊無際的青灰色海洋。波濤洶湧，無情的拍打著宗太郎等人。
宗太郎像一片樹葉般被大浪翻來覆去，不禁發出女人般高亢的慘叫：「哇、哇——怎麼辦啊？我不會游泳啊！」
「笨、笨蛋！不要抓我呀！我再揍你喔！」久藏大吼。
「欸？對了！剛、剛才你居然打我的下巴！」宗太郎大叫。

「對手腳亂揮快溺死的傢伙，揍一拳讓他鎮靜是最快的方法啦！都怪你，不會游泳就不要給我一頭跳進水裡呀！」久藏怒吼。

「我、我忘了啦！」宗太郎哀叫。

就在兩人呼來嚷去的當兒，波浪還是不停湧過來。潑在他們臉上的水花溫溫的、黏黏的，又鹹又苦。

這可真像眼淚的滋味啊！就在他們這麼想的時候，忽然，波濤中浮起一座宮殿。

那座宮殿可真氣派，從梁柱、圍欄、迴廊，直到屋頂，全是由純白的象牙打造。而就在最上層的迴廊裡，站著一個女人。

「乙、乙姬[12]？」宗太郎驚呼。

那女人確實穿著公主般的衣裳。她的腰帶是銀色，和服是金色，全身打扮豪華絢爛。然而，她的容貌卻跟美女相去甚遠。

四方臉、塌鼻子、毛蟲般的粗眉，皮膚呈土黃色，還長著滿臉痘疤。最糟糕的是，她的眼神像海底一般深沉陰暗。

這究竟是誰啊？宗太郎呆呆看著那女人，都忘記自己快淹死了。

可是，那女人卻瞧都不瞧宗太郎一眼，她的眼中只有那個不省人事的姑娘。

只見她瞪著姑娘，緩緩開口了。那低啞的嗓音沒有被波濤聲淹沒，而是源源不絕的傳進宗太郎和久藏耳裡。

我的老公是個篦櫛工匠，手藝很好，尤其擅長雕刻。許多有錢的老爺太太慕名而來，經常上門訂做。

老公的手掌很大，指頭又肥，皮膚粗糙。那樣的手竟能打造出無與倫比的精細工藝品，不管怎麼看，我都覺得不可思議。而且，明明有那麼一雙粗大的手，雕刻的姿態竟然是如此溫柔。

可是……像那樣的溫柔，他卻連一半都不肯施捨給我。真是個可惡的男人啊！

有一回，他做了一個非常美麗的象牙篦櫛。因爲實在太美了，當他得空去上廁所的時候，我忍不住將它拿在手上。

究竟是什麼樣的女人，才能戴上這麼美麗的篦櫛呢？一定是我遠遠比不上的幸福之人吧！

當我這麼想的時候，不禁覺得很寂寞。一回過神，才發現自己頭上插著那個篦櫛。

這時，老公回來了。他一把將篦櫛從我頭上抓下來，然後對我揮拳怒吼。他說，這不是你這種女人有資格戴的東西！

我聽了怒火中燒。既然如此，那我就要把這個篦櫛據爲己有，豈能讓安穩過好日子的女人得手呢？

那天晚上，等老公入睡後，我用鑿子刺穿了他的喉嚨，然後，懷裡揣著篦櫛，逃出家門。我的心興奮得怦怦跳，因爲從今以後，我就要得到幸福了。

但是，當晚很不巧的下著大雨，我在橋上滑了一跤，栽進河裡。因爲下雨，水勢很急，就在泥水灌進我口中的那瞬間，我知道自己完了。

所以，我把手裡的篦櫛握得更緊了。

這個篦櫛絕對不能給任何人，尤其是幸福的女人。

絕對……絕對不給任何人。

那女人語調平板，只是不斷的重複這句話。久藏喘著氣問：「那女人、究竟……在說什麼呀？」

「她一定是……做那把篦櫛的工匠的老婆啦！」宗太郎也氣喘吁吁。

「篦櫛就是、剛才你說被下咒的東西嗎……意思是說，害死那些女人的就是這個嗎？」久藏又問。

「應、應該是吧！那工匠老婆的詛咒，依附在這個篦櫛上頭了！」宗太郎說。

原來，這一切都是源自那女人的詛咒——不可原諒，和我一樣去死吧！全都給我溺死吧！

那些女人應該是被篦櫛發出的咒語操縱，才會身不由己的往水邊跑去。

太可惡了！宗太郎的表情扭曲起來，久藏也一副快吐的樣子。

就在這時，宗太郎的腳尖抽筋了。

「哇、哇——我的腳！抽、抽筋啦！」他大聲慘叫。

「哇！所、所以說，你不要再抓著我啦！」久藏也大叫。

「那、那你教我怎麼辦呀？」宗太郎拼命抓住久藏，滿腦子都是

「這回眞的要淹死了！」他的腳好痛，喝下不知多少鹹水的喉嚨也很痛，大概差不多要完蛋了！

「笑話！我的孩子就快生了！怎麼能死在這裡啊？」一旁久藏大叫的聲音彷彿正逐漸遠去，可是，宮殿裡那女人的狂笑聲卻清晰可聞：

「去死吧！哈哈哈，快點去死呀！都給我溺死呀！哈哈哈！」

宗太郎的腦袋痛得快裂開了，他忍不住弓著身子哀嚎起來。就在

這時，只見頭上似乎垂下什麼亮晶晶的東西。

原來是一條很細的線，從陰鬱的空中垂下來，閃爍著彩虹般的光芒。

太美了！這是在這片可怕的汪洋中，見到的第一個美麗景象。

宗太郎仍然抓著久藏不放，卻騰出一隻手去拉那條線。碰到那條線的瞬間，只覺手指猛然一緊，接著，他就什麼都不知道了。

---

10 振袖和服：年輕未婚女性穿的和服，特點是袖子的下緣很長，花色大多鮮豔華麗。

11 足袋：穿和服搭配夾腳木屐時著用的棉製襪套。

12 乙姬：日本民間故事《浦島太郎》中，在龍宮中招待浦島太郎的龍王之女。

5

醒來時，宗太郎最先感覺到的是黑暗。他在比夜晚更深沉的無邊黑暗中，飄飄然徘徊遊蕩，腦袋一片空白，完全無法思考。

沒多久，只聽隱隱約約傳來一個小女孩的聲音：「唉，眞是嚇我一跳！剛才天黑的時候，我一張開眼睛，就發現池塘裡有人快淹死了！而且其中一個竟然是久藏，我差點以爲自己眼花了！」

接著，響起久藏的聲音：「我也嚇一跳啊！居然是小豔救了我們，眞是作夢也沒想到啊！」

「欸？當然啦！要是讓你年紀輕輕就死在這裡，豈不太教人傷心了。久藏不是要活得很老才可以死嗎？你忘了？那是你跟我的約定啊！」小女孩的聲音說。

「嗯，沒錯，今後我得更小心保命才對啊！不過，天底下還眞有這麼巧的事，沒想到小黯會待在這個墓地，眞是謝天謝地！」久藏的聲音說。

「嘻嘻，你要報答我嗎？我可是很想再吸點血啊！」小女孩笑了起來。

「這、這……我們下次再說好嗎？唉呀，妳看！那個男的好像快醒了，妳最好不要被他看見哪！」久藏的聲音說。

「哦，眞可惜！」小女孩說完，聲音戛然而止。

宗太郎猛然驚醒。他翻了個身，看向天空。天色已暗，星星也陸續閃現。

已經天黑了啊，宗太郎心想。忽然，他的喉嚨開始咕嚕咕嚕作響，噎得難受，接著就「嘩——」的吐出一肚子水。

宗太郎稀里嘩啦的吐著水，只覺有誰在拍撫他的背。回頭一看，是久藏。

「久、久藏兄……」他呻吟道。

「喲呵！少老闆！」久藏笑著說：「太好了，你終於醒了！我倆可是逃過九死一生的大難哪！」

「剛才……不是夢啊！那、那女人呢？還有那姑、姑娘呢？」宗太郎結結巴巴的問。

「沒事啦！人家姑娘不就在這兒嗎？你看！」久藏往旁邊一指。只見那姑娘躺在宗太郎身旁，全身溼淋淋的，雖然還沒醒轉，但胸口上下起伏，呼吸平穩。

「我讓她把水都吐乾淨了……那可怕的女人沒再來攪局，大概是因為我把這東西從姑娘的手裡拔出來了！」久藏說著，就攤開手，掌心裡躺著那把篦櫛。

「篦櫛……可是，這東西我已經交給玄樂了呀！」宗太郎想不透。

「那個臭花和尚大概又搞砸了！他一定是為了討好這姑娘，拿這把篦櫛向她炫耀吧！」久藏忍不住抱怨，卻見宗太郎愣愣的盯著他看。

「怎麼啦？你怎麼一副不可思議的表情？」久藏問。

「剛才……有誰來過這裡嗎？我好像聽到小女孩的聲音……」宗太郎遲疑的問。

「沒有啊！只有我們兩個。應該是你暈倒的時候作了什麼夢吧？不說了，你站得起來嗎？要是還能站，我們就回西光寺吧，還得把這姑娘抬過去呢！」久藏說。

「說的也是。」宗太郎搖搖晃晃的站起身，卻看見玄樂和尚大吼大叫著直衝過來。一見到昏倒在地的姑娘，他那雙牛眼睜得更大了：「她、她在這裡啊！沒、沒事嗎？」

「還活著啦！你來得正好，看我們這副德行，已經被整得頭昏腦脹了！這個姑娘就讓你背好嗎？」久藏說。

「沒、沒問題！讓我來！」玄樂立刻點頭。

「還有，待會請你好好給我們解釋一下吧！」久藏攤開手，玄樂一看到那把宗太郎託付的篦櫛，臉色登時一變，但是他什麼也沒說，用力點個頭，就抱起那姑娘往寺廟方向去了。

「真拿他沒轍！少老闆，我們也過去吧！」久藏說。於是，他倆就並肩走出墓地。

進入寺廟之前，宗太郎和久藏先到寺院後頭的井邊打水沖洗，一桶接一桶，從頭淋到腳。畢竟池塘水又髒又臭，實在難以忍受。

玄樂見宗太郎的衣服已經溼透，就拿自己的給他替換。雖然玄樂的僧袍也有股怪味，但是能換上乾爽的衣物，宗太郎還是覺得舒服多了。

洗乾淨後，他們啜飲著玄樂端出來的便宜酒，宗太郎問道：「那姑娘呢？」

「你們在井邊沖洗的時候，她就被家裡的傭人接回去了。她一醒來就哇哇大哭，說不知道發生什麼事，一夥人哄得好辛苦啊！」玄樂搖頭道。

「她什麼都不記得嗎？」久藏問。

「她只記得我叫她先進大殿等我，當我進去的時候，她卻不見了！連那把篦櫛也跟著消失，害我嚇一大跳哪！」玄樂說。

宗太郎聽了，心中忽然冒火，吼道：「對啦！爲什麼那姑娘手裡會握著篦櫛呢？」

「我本來打算一、一得空就趕緊燒掉，所以先把那篦櫛擱在大殿上。我見它用布包得好好的，以爲應該沒問題啊，誰知那姑娘大概等得無聊，到處閒晃亂看，她一定是發現那篦櫛，就擅自拿走了！對不住！這眞是我的過失，對不住啊！」玄樂拼命哈腰點頭。

「對不住？你覺得道歉就算完了嗎？我可是付了好大一筆錢，你還害我遭到大麻煩！」宗太郎不肯放過他。

「非常抱歉……那就、就當作賠罪，以後只要是古今堂託付的東西，我都只收九成的報酬吧！」玄樂陪笑道。

「這什麼話！我們可是遇上好大的災難哪！再怎麼說，都應該打六成折扣吧！」宗太郎開始趁機砍價。

「這、這太過分了！最多八、八折啦！」玄樂急了。

就在這時，久藏插嘴道：「你們要討價還價待會再說啦！話說回來，老玄，那姑娘跟你究竟是什麼關係啊？……難不成，你連那麼天眞純潔的姑娘也下得了手？」

「沒、沒有啦！我發誓沒碰過她一根手指。那孩子是個大商家的閨女，每月會來一次，叫我幫她念經去除身上的邪氣。」玄樂狀似無辜的說。

「去邪？」宗太郎和久藏異口同聲問。

見他倆一臉莫名其妙，玄樂聳聳肩說：「那孩子很容易情緒激動，只要遭遇一點點壞事，就認爲自己可能被什麼妖魔附身了。當然，其實根本沒有啦！不過，與其跟她說道理，還不如幫她念咒，她才會安心。所以我就爲她焚盛大的香，用力撥轉佛珠，再胡亂唱一些經文。」

「是胡亂唱的嗎？」宗太郎斥道。

「只要能讓她求得心安，不是眞的也無妨嘛！要點花樣也是修道的技巧啊！」玄樂一副無所謂的樣子。

被周圍的人細心呵護，集寵愛於一身的小姐。她的心情總有人體諒，身旁也隨時有人相幫。原來如此，篦櫛詛咒的就是這種「幸福的女人」，也難怪她會被纏上呀！宗太郎不禁這麼想。

「要快點幫我燒掉啊！」宗太郎再度把篦櫛交給玄樂，再三叮囑後，就和久藏一起離開西光寺。

事情終於告一段落了。

雖然如此，宗太郎心裡還是有個疙瘩。他忍不住小聲問身旁的久藏：「你覺得我是不是很沒心肝呀？」

「啥？怎麼突然說這沒頭沒腦的話？」久藏莫名其妙。

「我是說，那個附在篦櫛上的女人魂魄啦！我打從心底覺得……她眞的令人無比厭惡。明明她也有可憐之處……」宗太郎說。

「哦，原來你在煩惱這個啊？」久藏笑道：「我也是同情那個工匠的老婆，不過，她不能把自己的不幸當作殺害其他女人的藉口。那個女人犯的可是滔天大罪啊！而且，她如果殺了老公就滿足倒是還好，至少只有她自己下地獄，結果她不但下了地獄，還把其他女人拖進去陪葬。如果這樣不令人厭惡，那還有什麼足以叫做厭惡啊？」

所以，同情也好，輕蔑也罷，對那女人產生矛盾的感覺是很正常的。宗太郎明白久藏的意思，不禁對他另眼相看：「久藏兄可眞是個有趣的人啊！我本來以爲你的個性柔弱，想不到你也很有男子氣概嘛！」

「彼此彼此，瞧你長得那副老實相，誰知道卻挺不好對付嘛！」久藏回道。兩人相視一眼，不禁同時大笑起來。

「回去吧！」宗太郎說。

「是啊！得趕快回家，真想念我可愛的老婆啊！」久藏也說。

「你還真是愛妻成痴呀！我也想趕快回家，但這一身行頭可不能讓我老爹看見，他一定會大笑，說和尚的僧袍穿在我身上，沒有什麼比這更滑稽的了！」宗太郎苦笑道。

「如果他笑你，你就這麼說吧：我老是被阿爹當笑柄，覺得這世界真無趣，還不如出家當和尚。令尊聽了，一定會嚇得眼睛差點掉下來，不但馬上相信你的話，改口哄你讚你，說不定，還會給你好多零花錢哪！」久藏笑說。

「聽你這麼說，好像你做過同樣的事啊！還好那個篦櫛只對女人下手，如果它也對付男人，久藏兄鐵定是第一個被盯上的吧！」宗太郎搖頭道。

「你這是什麼意思啊？」久藏回嘴。

「就是這個意思呀！」宗太郎不甘示弱。

「我可不會放過你喔！你好像在說，我是個嬌生慣養的花花大少啊？」久藏和宗太郎你來我往鬥著嘴，並肩走上夕陽下的歸途。

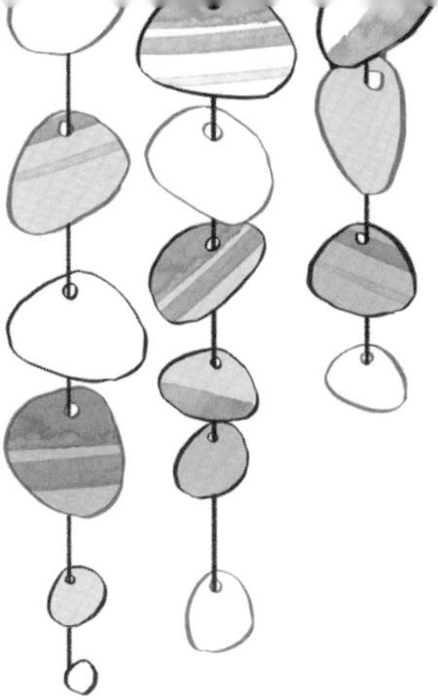

誕生賀禮

1

這個夏天，喜歡熱鬧的妖怪們都好興奮。因爲，嫁給人類的華蛇族公主初音，即將生小孩了。

「人類跟妖怪生的孩子，到底會長得像誰啊？」

「他天生就有妖力嗎？會不會長出鱗片或尾巴呀？」

「無論如何，都是喜事一樁，等平安生產之後，我們再去祝賀吧！」

「得送上賀禮才行呢！可是，該送什麼好呢？」

一些個性溫吞吞的妖怪，開始考慮該送什麼賀禮，而性子比較急的，早就動手準備起禮物了。

初音的奶娘萩乃，正在努力縫製嬰兒的尿布。

一旁幫忙的是紅色大蛙蘇芳，她的手藝高超，做起針線活流暢又俐落。

眼看做得差不多了，蘇芳對萩乃說：「娘娘，我們喝杯茶吧！」

「嗯，可是還剩一點，我把這裡縫好就好。」萩乃頭也不抬的說。

蘇芳一邊輕笑，一邊準備茶水。她將芳香的麥茶徐徐倒進茶碗，再用小碟子盛一盤米果。

當她端上茶的時候，萩乃正好也停下手上的針線活。

「呼——完成了！這樣又做好一塊了。蘇芳，妳看如何？」萩乃滿意的亮出手上的尿布。

「給我看給我看！哇！眞是進步好多了！比起最開始那個連抹布都稱不上的東西，簡直是天壤之別啊！」蘇芳讚許道。

「妳、妳就不要再說了嘛！」萩乃埋怨。

「呵呵，那我們來喝茶吧！」蘇芳笑道。

萩乃和蘇芳一邊吃米果，一邊有一搭沒一搭的說起話來。

「話說，公主最近怎麼樣呢？」蘇芳問。

「肚子大得很哪！好像躺著也苦站著也累。不過，總是很高興啦！她這陣子都不太出門，每天在家忙著做嬰兒服呢！」萩乃說。

「那她的夫婿呢？」蘇芳又問。

「哦，妳是說那個男人啊？」萩乃的眼神突然淩厲起來。

當初，初音說想嫁給人類男子久藏的時候，萩乃比誰都反對。如今她雖然認許這樁婚事，對久藏卻還是抱著不少偏見。

「不知道啊！最近我去看公主的時候，那男人老是不在家嘛！」萩乃說。

「哦，把大腹便便的公主單獨留在家，不像是久藏少爺的爲人啊？」蘇芳似乎覺得奇怪。

「我也很生氣啊！可是公主卻笑著說，久藏最近經常出門，是去長屋那邊當保母。」萩乃不滿的說。

「保母？」蘇芳更驚奇了。

「聽說是去見習啦！說什麼要去學換尿布跟哄小孩的方法。可是，哼！他究竟是不是眞的去見習，誰也不知道嘛！說不定他是趁公主不在旁邊，到哪裡拈花惹草去了！」萩乃愈說愈氣。

「唉呀，絕對不可能啦！請您不要板著一張臉嘛！」蘇芳陪笑道。

「哼……！」萩乃有點不情願的閉口了。這時，只見蘇芳的丈夫青兵衛走進房裡。

青兵衛是比蘇芳整整大一圈的青蛙妖怪，翠綠色的身體十分醒目。蘇芳招呼道：「哦，來得正好！你要喝杯茶嗎？」

「太好了！這麼大熱天，喉嚨好乾哪！不過，得先給萩乃娘娘看一個東西。」青兵衛說完，就亮出一個簇新的白色木桶。那個木桶打磨精細，新刨的木頭香味撲鼻。

「哦，好漂亮的桶子。」萩乃讚許。

「嘿嘿，不只是漂亮喔！請您拿看看。」青兵衛得意的說。

萩乃依言接過木桶，眼睛馬上一亮：「好輕啊！像一片羽毛似的！」

「是呀！這是用一種叫羽毛樹的珍木做的。小的家族裡剛好有個旅蛙親戚，很久以前就託他，要是看見羽毛樹得通知小的。半年前，他說已經找到了，小的就趕緊去採伐那裡的樹枝。」青兵衛解釋。

「那麼，這個木桶是你做的了？」萩乃問。

「是呀！小的想把它送給公主當賀禮。不單是新生兒的沐浴儀式，以後給小孩洗澡也可以用。」青兵衛興奮的說。

「不愧是青兵衛，很會體貼別人哪！」萩乃稱讚道。

公主一定會非常喜歡這禮物。聽到萩乃這麼說。青兵衛高興得喉嚨發出嘓嘓的青蛙叫。

2

話說，妖怪奉行所所長月夜王公的甥兒津弓，也決定要送一份誕生賀禮。但是，究竟要送什麼，他卻怎麼都想不出來。

於是，津弓悄悄把他的死黨梅吉喚來宮中，要他幫忙。

「梅吉，你幫我想想嘛！我一定要送他們最棒的東西。」津弓說。

「嗯，但我也想不出來呀……對了！送他們藥如何？你這裡的藥不是多得像山嗎？」梅吉忽然靈光一閃。

「欸？藥？」津弓無法接受這個提議，鼓著臉生氣的說：「換作有誰送我藥，我也不會高興呀！」

「那是你這種小孩的想法。初音公主一定會高興喔！你想想看嘛，公主的孩子是跟人類生的，有一半人類的血統，身體一定比較虛弱。」梅吉信心十足的說。

「眞的嗎？」津弓聽得一愣一愣。

「嗯，我是聽宗鐵醫生的女兒美緒說的。美緒不也是個半妖嗎？她說自己小時候經常拉肚子，還會時不時發燒呢！」梅吉又說。

「這樣啊？那……就決定送他們藥了！你跟我一起去藥房，幫忙抓藥吧！」津弓興致勃勃。

「好是好……你這裡還有藥房啊？」梅吉有點驚訝。

「是呀，舅舅爲我設的。」津弓點頭說。

「果然哪！」梅吉搖搖頭，跟津弓悄悄溜出房間。

去藥房途中，他們先繞到廚房，偷偷拿出一個很大的盒子。那盒子通體塗刷朱漆，再以純銀和貝殼嵌繪出流水和金魚圖案，十分華麗。

「要用這個裝藥嗎？不會太大嗎？」梅吉問。

「可是，既然要當賀禮，就得用這種豪華的箱子才夠看吧？」津弓篤定的說。

於是，津弓兩手抱著漆盒，肩上乘著梅吉，啪嗒啪嗒往藥房跑去。

他們來到一個足足有八張榻榻米那麼大的房間，只見四面聳立著成排櫥櫃，櫥櫃上一格格全是抽屜，煎藥的器具一應俱全，空氣中瀰漫著各種藥材香。

梅吉看得眼睛都圓了：「哇！好厲害！這些抽屜裡滿滿都是藥嗎？」

「是啊！還有那邊一排排陶甕，裡面全是靈藥跟藥酒喔！」津弓驕傲的伸手一指。

「哦——可以蒐集這麼多，真是了不起啦……那麼，我們從哪裡開始呢？」梅吉問。

「這個嘛……就從退燒藥開始吧！」津弓想了想，說道。

「在哪個櫃子？」梅吉又問。

「嗯……我也不知道，我吃的藥都是舅舅端來的。不、不過，我記得好像是桃紅色的？還有，大概跟紅豆差不多大小。」津弓努力回想。

「眞拿你沒辦法，那我們只能一個個抽屜找了！你找下面的抽屜，我開上面的吧！」梅吉說完，就俐落的爬上最上層的抽屜。

那些抽屜的正面都開有一個小圓洞，將指頭伸進洞裡，就可以拉開抽屜。雖然只是個小洞，卻剛好可以讓梅吉鑽過去。只見他一一探頭進去看，喃喃說著：「這個不對，全是乾巴巴的菌菇之類。這個是……嗯！好像牙齒啊！」

津弓也不甘落後，奮力拉開一個又一個抽屜，看裡頭有什麼。

終於，只聽梅吉大叫一聲：「有了！」

「是不是這個？」梅吉鑽進抽屜，從裡頭扔出一粒藥丸。津弓接住一看，高興的笑了起來：「對、對！就是這個！梅吉，你一粒粒丟下來，我在下面接。」

「看我的！」梅吉稀里嘩啦扔出一大堆藥丸，津弓在底下又接又撿。直到兩手都捧滿了，他才對上頭喊道：「梅吉，夠啦！」

梅吉的小臉從洞裡探出來，問：「那下一個找什麼？」

「這個嘛……接下來找止瀉藥怎麼樣？是黃色的大顆藥丸喔！」津弓說。

「黃色嗎？我剛才好像看過。啊、對了！小嬰兒不是經常流汗生疹子嗎？有沒有治療那個的藥啊？」梅吉興奮的問。

「有啊！有很靈驗的軟膏喔！是用蛤蜊殼裝的。」津弓用力點頭。

「那我們也一塊找吧！」梅吉說。

於是，止咳藥、止癢藥、治蟲咬的藥、浣腸劑……只要是他們認爲有用的藥，就大把大把扔進漆盒裡。

最後，偌大的漆盒被塞得滿滿的，形色各異的藥層層堆疊，簡直就像正月吃的年菜一般五彩繽紛。津弓和梅吉盯著漆盒，忍不住嚥了口口水：「這麼一看……藥其實也很美啊！」

「我也覺得！這大紅色的，看起來很好吃呢！」梅吉指著其中一種藥說。

「哦，那個很辣啦！」津弓搖頭。

「那這個黃色的怎麼樣？你說治拉肚子有效，那味道如何呢？」梅吉又問。

「那個好苦啊！要吞下去也很吃力。真可惜，我一直在想，如果有像糖果那麼好吃的藥該多好。可是，舅舅的法力再怎麼強大，好像都做不出美味的藥啊！」

「如果連月夜王公都做不出來，那也只有死心了！」梅吉嘆道。

總之，津弓的賀禮已經準備好了。他望著漆盒，咕噥說：「真好玩！希望嬰兒早點出生啊！」

「就是說啊！對了，等那孩子長大，我們就把他收做同夥吧！」梅吉興奮的說。

「這主意太棒了！」津弓拍手。

於是，兩個小妖開心的笑成一團。

3

烏天狗雙胞胎右京和左京，很早就決定好要送什麼賀禮。

「無論是男孩還是女孩，一定都會喜歡亮晶晶的東西吧！」右京說。

左京立刻點頭：「我也是這麼想。那我們就送美麗的東西吧！」

「對了……魚鱗怎麼樣？彩虹海岸那裡，不是常有人魚和妖魚的鱗片被沖上岸嗎？我們去蒐集一些，做一個玩具之類的東西如何？」

右京提議。

「太棒了！我們趕快去吧！」左京興奮起來。

於是，雙胞胎兄弟立刻動身飛到彩虹海岸。那是一個小巧但美麗的海灘，沙粒像雪一樣白，拍岸的波浪也很柔和。在滿月的夜晚，有時可以聽見海上傳來人魚的歌聲。

當兩兄弟抵達的時候，卻發現海岸已經有了訪客，看上去是一個小小的人影，正在撿拾什麼東西。他們靠近一看，原來是個女孩。

女孩年約八歲，個子小小的，眼神明亮有力。她穿著水藍色的撫子花紋浴衣[13]，打著赤腳，手上滿滿都是貝殼和人魚的鱗片。

見到從空中飛下來的雙胞胎兄弟，那個女孩似乎嚇一大跳，動也不動的盯著他們。但是，她很快就開口了：「我叫做美緒。」

聽到女孩先自我介紹，烏天狗兄弟自然不能不馬上還禮：「我叫做右京。」「我叫做左京。」

「你們是雙胞胎啊？呵呵，一模一樣哪！」美緒笑著說。右京問她：「妳該不會就是鼬鼠妖怪宗鐵醫生的女兒吧？」

「嗯，是的。宗鐵是我的父親，你們認識他嗎？」美緒問。

「以前我們翅膀受傷或生病的時候，他都給我們治療過。」右京回答。

「不過，我們也有從津弓少爺那裡聽聞美緒小姐的事。」左京說。

「津弓說的？」美緒似乎有點驚訝。

「是的。家父是烏天狗飛黑，也是月夜王公的左右手。」右京說。

「正因如此，我們有幸跟津弓少爺成爲朋友。」左京說。

聽他們的口氣非常恭謹，美緒不禁噗哧一笑：「你們說話不必這麼禮貌呀！要是不能普通一點，我會不知道怎麼回答呢！」

「知、知道了！」右京說。

「用普通口氣發言，不、是說話。」左京說。

「嗯，也好。」右京說。

「那個……美緒小姐可是來這裡撿人魚的鱗片嗎？」左京問。

「是呀！你們知道那個嫁到人間的華蛇族公主嗎？她就快生寶寶了，所以，我想用人魚的鱗片做個什麼，送給她當賀禮……怎麼啦？」

見雙胞胎兄弟瞪圓了眼睛，美緒奇怪的問。

「這個、其實……跟我們想的一樣。」右京吞吞吐吐說。

「我們也是想給初音公主的寶寶送賀禮，才來這裡撿鱗片的。」左京說。

「呵呵，那我們可眞投緣呢！對了，不如我們一塊撿吧？」美緒提議，雙胞胎兄弟也很高興的答應了。

於是，三個小妖在海邊忙碌的跑來跑去。除了人魚的鱗片，沙灘上還有許多貝殼和美麗的彩色鵝卵石。不一會兒，他們蒐集的寶物就堆成一座小山。

美緒滿意的看著那些寶物，轉頭問兩兄弟：「你們決定要用魚鱗做什麼了嗎？」

「不，還沒有……妳、妳看，這些魚鱗好美啊！我們只要裝滿一袋或一箱，就這麼送去，人家一定會喜歡吧！」右京說。

「我也是這麼想。」左京附和。

可是，美緒卻微微皺起眉頭：「我覺得最好不要喔！小嬰兒是很喜歡亮晶晶的小東西沒錯，可是我聽說有很多孩子會把小東西放進嘴裡，噎住喉頭，有的甚至就這樣死掉了！」

「太、太可怕了！我明白了，還是不要原封不動的把魚鱗送出去吧！」左京害怕的說。

「那……左京，我們要做什麼呢？」右京問。

「呃，我也想不出來，還是我們回去跟爹娘商量吧？」左京說。

這時候，美緒又開口了：「欸，只要摩擦人魚的鱗片，就會發出好聽的聲音喔！你們聽！」說著，只見她抓起一把魚鱗，在掌心中搓動。果然，魚鱗發出一種清脆的聲音，輕輕柔柔，令人聯想起亮閃閃的銀器。

哇——雙胞胎聽了，眼睛陶醉得瞇起來：「真好聽啊！」

「沒錯吧！所以我想，只要在這上頭穿洞，用線串起來，不就像風鈴一樣了嗎？這樣一來，每當有風吹過的時候，它就會發出美麗的聲音啊！」美緒滔滔不絕的說。

「哇！太棒了！」右京大叫。

「這主意太高明了！我們這就回家，立刻做做看吧！」左京也叫道。

雙胞胎兄弟興奮一陣後，忽然又安靜下來，怯怯的轉頭看向美緒：「可是，如果我們做了風鈴……」

「就是偷了美緒小姐的點子，豈不太失敬了！」

「沒關係啦！」美緒開朗的笑道：「我們也撿了很多子安貝啊！我想用那些貝殼做烏龜玩偶，一隻不夠，要做很多隻。等寶寶長大一些，應該就可以玩了吧！」

「那也很棒啊！」於是，他們決定好各自要送的禮物，接下來就是動手做了。雙胞胎兄弟將大把魚鱗塞進懷裡和袖子裡。

「我們要回家了！」

「美緒小姐也要回家了嗎？」

「我爹應該再一會就來接我了，你們別擔心。」美緒說。

「好的！」雙胞胎說完，卻又東拉西扯，磨蹭著不走。原來，他們覺得就這樣道別，不知為何還挺寂寞的。

最後，左京終於開口：「那個……我們家就在圍繞東方地宮的其中一座山上。」

「是的，那附近有清澈的小河流過。所以……」

「下、下回請來玩吧！」

「我們再約津弓少爺，大家一起玩吧？」

美緒的眼睛登時一亮，高興的叫道：「太好了！一定要喔！」

於是，他們約好下次再見，雙胞胎就和美緒道別了。

右京和左京乘著夜風飛上高空，每一次拍動翅膀，懷裡和袖子裡就傳出清脆的聲響。小兄弟和著那美麗的聲音，一齊開心歡笑。

他們心中充滿喜悅，是因爲決定了禮物嗎？還是因爲交了新朋友呢？一定是兩個都有吧！右京和左京不約而同這麼想。

---

13 撫子花紋浴衣：撫子爲一種淺粉色小花，盛開於初秋，爲傳統和服紋樣之一。浴衣則是一種輕便單薄的和服，除了在日式旅館中沐浴後穿著外，經常見於日本夏季各地的祭典、節慶和煙火晚會。

4

「到底……我該送什麼呢？」妖貓族的王蜜公主，難得也有煩惱的時候。

「初音公主是我可愛的好朋友，我該送她什麼賀禮才好呢？乾脆……把心愛的圓珠分幾個給她吧？」王蜜公主自言自語。

所謂的圓珠，其實是惡人的魂魄。妖貓公主最大的嗜好就是追捕惡人，再將惡人的魂魄收為己有。如今，她已經蒐集超過五十個魂魄了。

「不過，紅珠的魂魄可不能送出去。那個圓珠是我最喜歡的，況且我跟月夜王公有約，絕對不能把它脫手。可是……那又該挑哪一個好呢？」無論哪一個靈魂，都蘊含著妖貓公主的獵捕回憶。每一個靈魂她都珍惜，都不想放手。

不知嘆氣了多少回，王蜜公主終於放棄了。

還是出去散散心，吹吹風吧！先忘掉賀禮的事，到各處看看貓族同胞好了，也許這樣反而能想出什麼好主意啊！

於是，王蜜公主動身前往人間。首先，她去探訪根付貓漁火丸。

漁火丸是根付14的付喪神，能夠在每天夜裡招待主人進入自己的夢境，給予主人鼓勵。王蜜公主看上漁火丸的才能，便派他去陪伴某個男人。在漁火丸的幫助下，那個失意的男人重新振作，如今在釣具店當學徒，磨練技藝。

「那麼，你過得怎麼樣呢？還幸福嗎？」王蜜公主問。

「呵呵，那是當然了！主人待我非常好，我每天都很幸福哪！」

漁火丸的回答，令王蜜公主很滿意。

接著，王蜜公主來到一幢老舊的空屋。裡頭有一隻很大的茶色斑點母貓，正在給六隻剛出生不久的小貓餵奶。

「阿雀，打擾了！」王蜜公主出聲喚道。

「這、這、王蜜公主！」母貓慌忙就要站起，卻被王蜜公主制止：

「不必多禮，妳正在餵養小貓，就不用起身了。是說，妳當上姥姥貓，感覺如何？有哪裡不順心嗎？」

「沒有。雖然每天都很忙，可是我從來不覺得煩心。」阿雀答道。

「呵呵，妳已經上任半年了吧？我當初被妳嚇一跳哪！這可是頭一次有誰主動說要當姥姥貓……是因爲美鈴的死嗎？」王蜜公主又問。

「是的。」阿雀帶著些許悲傷的神情，微笑道：「我也是被美鈴阿母養大的。當我聽說阿母死了，想到只有接任姥姥貓的工作，守住她的地盤，才是最好的報恩。所以，我很感謝王蜜公主，您讓我撫養這些被拋棄的小貓，我眞的非常幸福快樂啊！」

「那就好，我只希望天底下每一隻貓都得到幸福。」王蜜公主點點頭，又叮囑阿雀好好保重身體，才離開空屋。

接著，她又接連探視了許多貓族同胞。包括貓又、貓妖、貓婆婆、附身貓、守護貓等等，就連今年正月被送養的兩隻小貓，她也去飼主家探望。小貓都長大許多，受到主人細心呵護，看起來很幸福。

正當王蜜公主在窺視那一家人的時候，她感覺藏在袖子裡的一個魂魄微微顫抖起來。

公主悄悄將手擱在那隻袖子上，輕聲安撫道：「虎丸，我知道你的心情。沒事的，你總有一天會回到那個家的，我會幫你打點好一切，你現在只要安心休養就行了。」

王蜜公主不停輕撫袖子裡的魂魄，直到它不再顫抖。是時候該打道回府了，公主心想。見到許多幸福的貓族，她的心情也不知不覺開朗起來。

不過，她又忽然想起：「對了，那孩子現在怎麼樣呢？她雖然年紀尚輕，卻是個挺有膽識的妖貓……記得是叫做小鈴，眞想見見她呀！」王蜜公主閉上眼睛，一邊在心裡描繪小鈴的模樣，一邊嘀咕。

當她再次睜眼，已經站在一座破舊的古寺前面了。那裡沒什麼人煙，光聞氣味就知道是多年沒人來過的地方。不過，寺院裡的樹木都還活著，雖然乏人照料，卻仍枝繁葉茂。

只見小鈴就站在其中一棵樹前方，她是一個嬌小的妖怪花貓，穿著紅色和服，看起來很可愛，而在她身旁的，是黑色妖貓小黑。

看見王蜜公主忽然出現，兩個妖貓嚇了一大跳，不過，王蜜公主也是同樣吃驚。

原來，小鈴和小黑的裝扮都很奇怪。他們兩手握著柳條，頭上頂著魚骨頭，眼角還描著紅色的眼妝。

「小鈴、小黑，你們打扮成這副怪樣做什麼？」王蜜公主問。

「哇——是、是因爲……！」小黑想回答，卻急得說不成話。

另一邊，小鈴趴在地上，好像恨不得有個地洞鑽進去似的。

王蜜公主費了好些工夫安撫兩個難爲情的小妖貓，結果問了半天，也只得到一句話：「柿子變紅了，醫生臉就綠了。」

「那是什麼意思？」王蜜公主不明白。

「是、是。這是人類的俗語，意思是吃了熟透的柿子，就不會再生病，醫生沒事幹，臉就都綠了。」小黑答道。小鈴點點頭，小聲附和：「也就是說，柿子含有許多營養哪！」

「哦，原來如此，這就是柿子樹嗎？」王蜜公主端詳他們面前的那棵樹，只見青綠的葉叢中，依稀可見柿子的果實。不過，那些果實都又小又綠，看起來也硬邦邦的。

「難道你們打扮成這樣是在念咒語嗎？想讓這些柿子趕快成熟？」王蜜公主又問。

「是、是的。」小黑回答。

「我們想獻給初、初音公主。剛生產的母親，應該需要補充營養吧！」小鈴說。所以，他們倆拼命使出妖力，在柿子樹上施咒。

小鈴說，今天已經是第四天了：「雖、雖然長得很慢，不過柿子開始變大了，應該趕得上初音公主生產的日子吧！」

「我們一定會努力趕上的。」小黑加強語氣。

見他們倆拼勁十足的模樣，王蜜公主不禁微笑起來：「是嗎……

好！我的使命剛好是幫助貓族，就來助你們一臂之力吧！」說完，她便伸出雪白的小手，指向柿子樹。

只聽一陣細碎的聲響，柿子樹開始抖動起來。隨著妖貓公主的法力源源不絕輸進樹幹，枝頭的果實不斷長大，顏色也由青綠轉爲黃綠、黃色，最後變成鮮豔的橙紅。

「可以了！已經太熟了！」

「再熟就要掉下來了！」兩個小妖貓大聲呼喊。王蜜公主聽話的放下手，問：「怎麼樣？夠熟了嗎？」

「是、是，當然夠了！」小黑趕緊答道。

「非常感謝您！我們馬上送去給初音公主。」小鈴說完，就輕巧的爬上樹，開始摘柿子。

小黑跟著要爬上去，王蜜公主卻叫住他，略帶遲疑的說：「這個……我有一個要求。你們送賀禮的時候，可以加上我的名字嗎？就說這是小鈴、小黑和王蜜公主合贈的禮物，送給初音公主。好不好？」

「呃、呃？當然好啊！」小黑似乎受寵若驚。

「太好了！那就幫我具名吧！其實，我也一直在爲該送什麼禮頭疼哪！本來是打算送她幾個我收藏的魂魄的。」王蜜公主說。

小黑一聽，拼命搖頭：「最好不要喔！喜歡那種禮物的，大概只有王蜜公主……不、不，我沒說什麼。總、總之就包在我們身上，我們一定會附上公主的名號，把柿子送過去。」

「那我就安心了！拜託啦……對了，小黑，你上次請我幫忙找飼主的那兩隻小貓……」王蜜公主又想起什麼。

「啊，您是說銀子和茶丸嗎？」小黑問。

「嗯，我剛才去看過他們了。他們都長得比你個頭還大呢！」王蜜公主說。

「那太棒了！啊，不、是太榮幸了！」小黑還在結巴。

「呵呵，你不用那麼緊張嘛！」王蜜公主不禁失笑。這時，小黑像是想起什麼，眨巴著眼睛說：「對了……當初是爲了讓那一家人收留小貓，才請王蜜公主幫的忙。聽說拜託您出面的，是個叫做久藏的人類。」

「哦，我當然知道呀！就是初音公主的夫婿嘛！嗯，爲了幫助小貓而來拜託我，還算可圈可點，是個好男子喲！」王蜜公主讚許道。

「就……就只有那樣嗎？」小黑吞吞吐吐的問。

「只有那樣？是什麼意思？」王蜜公主反問。

「不……我是說，初音公主即將生的應該是男孩吧？」小黑小心的改口問道。

「這個嘛，說不定是女孩呢！男孩女孩都一樣好啊！」王蜜公主乾脆的說。

「哈哈……這可不妙啊！」小黑竟然笑了起來。

「哪裡不妙？」王蜜公主不禁好奇。

「沒、沒有，只是我在胡言亂語罷了！」小黑連忙搖手。

「你真是個奇怪的孩子！那麼，柿子的事就拜託了，小鈴，妳也要保重喔！」王蜜公主說。

「是，感謝您！王蜜公主！」小鈴懷裡滿滿都是熟透的柿子，笑著向王蜜公主道謝。王蜜公主將那美好的笑容記在心中，滿足的返回宮殿。

---

14 根付：一種穿和服時使用的飾品。由於和服沒有口袋，人們便將錢包、小布袋等隨身物品用繩子繫著，繩子另一端綁上根付，就可以卡在和服和腰帶之間。

5

東奔西走張羅賀禮的，並不只有妖怪族群。

住在太鼓長屋的少年彌助，也正在絞盡腦汁盤算：「話說回來，我實在沒什麼錢哪！啊……該怎麼辦呢？」

「這點小事哪裡需要傷腦筋啊！」千彌一聽到彌助嘆氣，馬上開口：「隨便買一個附近神社的安產祈願符送去就行了！那不是很便宜嗎？不然，也可以送你做的醃菜。你醃的菜真的很好吃，他們一定會喜歡的。」

「千哥……你該不會以爲賀禮送什麼都沒差吧？」彌助無奈的反問。

「我可沒那麼想喔！不過你中暑才剛康復，應該多休息呀！反正久藏家的親戚和妖怪族類，都已經準備了好多賀禮不是嗎？你就算什麼都不送也無妨嘛！」千彌又說。

彌助啞口無言。千彌在這方面眞是完全不能指望啊！

正當彌助一籌莫展的時候，偶然聽到長屋的鄰居太太們在聊天：

「欸，妳有聽說那個久藏的事嗎？最近他經常來這一帶長屋，打聽誰家能讓他幫忙照顧小孩哪！」

「咦？那個花心大少會照顧小孩？我才不相信呢！」

「是眞的啦！他的老婆就快生了，大概因爲這樣才想幫忙吧！那人說不定會是個好父親喔！聽說他自從娶親，就不再花天酒地了。」

「哼，難說喔！一定是因爲他的老婆很兇吧？」

「哈哈哈……！」

彌助聽不慣那些太太尖刻的笑聲，便悄悄避開。

「原來久藏是想幫忙帶孩子啊？那麼……我就送那個吧！」於是從那天起，彌助就不眠不休的做針線活。

他做的是大人的半纏，而且是給男人穿的大尺寸。時節即將入冬，久藏背著嬰兒的時候，只要披上半纏，應該就足夠暖和。彌助想像著小嬰兒趴在半纏和父親的背脊之間，全身一定暖烘烘的吧！

衣服做好後，彌助再拆開自己的半纏，從裡頭取出一根很大的羽毛。那是大公雞朱刻的羽毛，光是拿在手中，便能感覺到一股熱氣。

這根羽毛是朱刻的老婆時津送給彌助的，只要衣服裡有了它，小嬰兒就絕對不會受寒。

於是，彌助將羽毛縫進快完工的半纏背部，禮物便大功告成。

接下來，就等寶寶平安出生了！

「我會不會……要托顧久藏的孩子啊？」彌助一邊想著，一邊把做好的半纏細心摺疊起來。

6

在葉月[15]的滿月之夜，初音公主平安生下了寶寶。

聽到新生兒不但是對雙胞胎，而且兩個都是女孩的時候，彌助忍不住哈哈大笑：「那、那個拼命想生兒子的久藏，居然一口氣得到兩個女兒！好，我一定要去看看他有多不甘願！」

初音生產後大約一個月，彌助獨自去久藏家探望。迎接他的是溫婉微笑的初音，和懷中抱著雙胞胎，滿面春風的久藏。

彌助不禁一愣，卻見久藏忙不迭炫耀自己的女兒：「這個是天音，這個是銀音。怎麼樣？兩個都是大美人吧？你看這鼻子、嘴角，簡直太可愛了！跟初音一模一樣啊！」

「你真的沒關係嗎……」彌助在心裡打問號。這時，初音笑著對他說：「你可以抱抱她們喔！」

「可以嗎？那就讓我抱一下吧！」彌助剛要伸出手，卻被久藏兇惡的頂回去。他趕緊縮手，翻眼瞪著他說：「你幹什麼呀！」

「那才是我要說的！你這壞蛋，休想靠近我的小公主！」久藏大吼。

「什、什麼呀？」彌助莫名其妙。

「哼、呸呸呸呸！壞蛋絕對不許靠近我們！敵人就是敵人！」久藏胡言亂語罵了一通，令彌助完全摸不著頭腦。
初音只得苦笑著說：「請你多擔待啊！他已經開始擔憂這兩個孩子將來要出嫁了！」
「出嫁……她們還是小嬰兒呀？」彌助不禁失笑。
「囉嗦！不管是不是嬰兒，都不准任何男人靠近我的小公主！你給我聽清楚啊！彌助！」久藏又大叫。
「果然還是……生兒子比較好啊！」彌助無奈的咕噥。
他懶得理會還在抓狂的久藏，逕自轉過身去，將自己縫製的半纏遞給初音公主：「這個給你們，雖然有點遲了，恭喜你們生寶寶。」
「哦，太感謝了！是半纏嗎？」初音高興的說。
「嗯，久藏好像很積極要帶小孩嘛！到了冬天，他抱著孩子們的時候，就可以披上這個，應該會很暖和。還有，如果你們需要什麼，請隨時告訴我，像是照顧寶寶，或是添人手之類的都可以。」彌助誠懇的說。

「謝謝！不過暫時應該沒問題，你看他完全不肯放開兩個孩子。尿布、玩具和食物也很

多，都堆得像山似的。」初音說著，讓彌助看裡面的房間。只見那裡堆滿各種各樣的東西，眞的像山一般高。

「哇！好厲害！這些都是賀禮嗎？」彌助驚嘆道。

「是啊！到現在還是不斷有禮物從四面八方送來……眞的很感激。大家都對我們的孩子送上祝福，沒有什麼比這更教人高興了！」初音說。

「嗯，眞的恭喜你們。不過，沒想到居然是雙胞胎啊！」彌助說。

「呵呵，我也嚇一跳呢！大家也都慌成一團，紛紛說那禮物還得增加一人份。雖然我們一直說不用那麼在意……啊！」初音像是忽然想起什麼似的。

「怎麼了？」彌助好奇的問。

「有一個妖怪……一開始就送了兩份禮物。簡直就像她預先知道生出來的會是雙胞胎呢！」初音說完，就從成山的禮物當中，取出一個小盒子。盒子裡鋪著灰色的羽毛，上頭躺著兩個橡實做的玩偶，是可愛的少女娃娃。

「這是誰送的啊？」彌助問。

「我也不知道。有天晚上，我忽然聽到鳥的拍翅聲，走去外面一看，就見到這盒子擱在地上。然後，我的陣痛就開始了，也沒時間打開來看哪！」初音說。

「眞是不可思議。不過……我覺得這玩偶很可愛。」彌助說。

「是啊，我也覺得。無論是誰送的，這個禮物都值得紀念。等孩子們長大一些，我再給她們玩。」初音微笑道。彌助也點頭贊成。

回家前，彌助再一次看看久藏。只見他還是緊緊抱著雙胞胎，伸出舌頭在逗她們。看著他那副滑稽的表情，彌助忍不住調侃道：「從前自稱是天下第一美男子的傢伙，居然變成這副德行，可眞是形象全無啊！」

不過，不知爲什麼，彌助覺得跟從前相比，現在的久藏看起來活潑有生氣多了。

「咦？怎麼啦？我的臉沾到什麼嗎？」久藏抬起頭問。

「不是……你的臉變得很難看呀！」彌助笑道。

「你說啥？」久藏大聲起來。

「哈，算了！初音公主，我先走啦！下回見！」彌助揮手道。

久藏似乎還想回嘴，但彌助已經走出門外了。

好想趕快回家，好想見到千彌的臉。回家吧！回去最親愛的人身邊。

彌助一邊想，一邊邁開腳步往前跑。

15　葉月：日本舊曆八月，相當於新曆九月至十月初。

國家圖書館出版品預行編目（CIP）資料

妖怪托顧所.9, 妖怪們的賀禮/廣嶋玲子作 ; Minoru
繪 ; 林宜和譯. -- 初版. -- 新北市 ： 步步出版 ： 遠
足文化事業股份有限公司發行, 2022.12
面； 公分
譯自 : 妖怪の子預かります. 9
ISBN 978-626-7174-23-4(平裝)

861.596 111019095

1BCI0026

妖怪托顧所 ❾：妖怪們的賀禮

作者｜廣嶋玲子
繪者｜ Minoru
譯者｜林宜和

步步出版
社長兼總編輯｜馮季眉
責任編輯｜徐子茹
美術設計｜蔚藍鯨

出版｜步步出版／遠足文化事業股份有限公司
發行｜遠足文化事業股份有限公司（讀書共和國出版集團）
地址｜ 231 新北市新店區民權路 108-2 號 9 樓
電話｜ (02)2218-1417　傳真｜ (02)8667-1065
客服信箱｜ service@bookrep.com.tw
網路書店｜ www.bookrep.com.tw
團體訂購請洽業務部｜ (02)2218-1417 分機 1124
法律顧問｜華洋法律事務所 蘇文生律師
印製｜通南彩色印刷有限公司

初版｜ 2022 年 12 月　初版 7 刷｜ 2024 年 8 月
定價｜ 320 元
書號｜ 1BCI0026
ISBN ｜ 978-626-7174-23-4